THE DRAGON EXPRESS

ドラゴン・エクスプレス

著／ドゥガルド・A・スティール　訳／三枝　明子

今人舎
IMAJINSHA

マークとジュリアにささげる

ドゥガルド・A・スティール

大好きだった父レイモンドと兄ゴードンの思い出に

ダグラス・カレル

THE DRAGONOLOGY™ CHRONICLES
THE DRAGON DIARY

First published in the UK in 2009 by Templar Publishing,
an imprint of The Templar Company Limited,
The Granary, North Street, Dorking, Surrey, RH4 1DN, UK

Designed by Jonathan Lambert
Edited by A. J. Wood

Japanese translation rights arranged through Toppan Printing Co., Ltd.
Japanese edition published by Imajinsha Co., Ltd., Tokyo, 2011.

Printed in Japan

目次

ダニエルとベアトリスがたどる

宏偉寺《ホンウェイじ》への道

セント・レオナードの森
パリ
ピュイ・ド・ドーム
ピレネー
タリファ
アレクサンドリア
ハラット・キ
ンゴロンゴロ盆地《ぼんち》
地図の読み方
ジャマールが飛んだところ
ドラゴン・エクスプレスで飛んだところ
ジャイサルメールから氷の宮殿《きゅうでん》への経路
氷の宮殿から宏偉寺《ホンウェイじ》への経路

登場人物紹介《しょうかい》

ダニエル・クック……………… この本の主人公、12 歳の男の子。ドレイク博士の生徒で、ドラゴン学を学んでいる。

ベアトリス・クック…………… ダニエルの姉、13 歳。何でもよくできる優等生《ゆうとうせい》。

アーネスト・ドレイク博士…… ドラゴン学を研究するドラゴン学者。若《わか》い学者を熱心に育てている。ドラゴンたちに認《みと》められて、イギリスの「ドラゴン・マスター」になった。

ダーシー・ケンプ……………… ドレイク博士の生徒。ベアトリスよりも少し年上。

ニーア・ヘイズ………………… 新しくドレイク博士の生徒になった、アメリカ人の少女。

ドミニク・ガメイ（ガメイさん）‥ フランス出身のドラゴン学者。ドレイク城《じょう》で、博士や子どもたちの世話をしてくれる。

ベルナルド・ガメイ…………… フランスの首都パリに住んでいるドラゴン学者。ガメイさんの弟。

エメリー・クロス……………… きさくなアメリカ人のドラゴン学者。ドレイク博士の研究を手伝っている。

フライトさん…………………… ドレイク博士のロンドンの店「ドラゴナリア」の店番で、ドラゴン学者。

クック夫妻……………………… ダニエルとベアトリスのお父さんとお母さん。二人ともドラゴン学者。

ノア・ヘイズ…………………… アメリカ人のドラゴン学者。ニーアのお父さん。

チディングフォールド男爵《だんしゃく》…… ドラゴン大臣。息子《むすこ》ビリーと娘《むすめ》アリシアがいる。

ティブスさん…………………… チディングフォールド男爵の秘書《ひしょ》。

アレクサンドラ・ゴリニチカ…… 美貌《びぼう》のドラゴン学者。ロシア人。

シャドウェル…………………… ドラゴンの密売人《みつばいにん》。

イグネイシャス・クルック…… 前「ドラゴン・マスター」、エベニーザー・クルックの息子。

*これは、1882 年のお話です。

⚜ この本に出てくるドラゴン ⚜

種名：ヨーロッパドラゴン
特徴：4本の脚《あし》、大きな翼《つばさ》

✤イドリギア：ウェールズに棲《す》むドラゴン。以前にもドレイク博士とダニエルたちを助けた。

✤トーチャー：ドレイク博士が、怪我《けが》をした母ドラゴン、スクラマサックスから預かった卵《たまご》から生まれた。やんちゃな赤《あか》ん坊《ぼう》。兄はスコーチャー。

種名：ガーゴイル
特徴：4本の脚《あし》、小さめの翼《つばさ》

✤パンテオン：パリに棲《す》むガーゴイルの長《おさ》。信頼《しんらい》できるドラゴン。

種名：ヒドラ
特徴：複数の頭、1対の脚《あし》と翼《つばさ》

✤ファキ・キファ・カフィ：アラビア半島の死火山地帯に棲《す》む。

種名：ドワーフドラゴン
特徴：4本の脚《あし》、短い翼《つばさ》

✤フリッツ：ゴリニチカが飼っている小型のドラゴン。すばやい動きでダニエルたちを悩《なや》ませる。

種名：ツングースドラゴン
特徴：4本の脚《あし》、大きな翼《つばさ》。ヨーロッパドラゴンの亜種《あしゅ》で、戦闘用《せんとうよう》に改良された黒いドラゴン。

種名：ワイバーン
特徴：2本の脚《あし》、大きな翼《つばさ》

✤ジャマール：卵《たまご》のとき、イギリスに密輸《みつゆ》された。ドレイク博士が保護して卵からかえし、面倒《めんどう》を見ている。

✤ウワッサ：アフリカのンコロンゴロ盆地《ぼんち》に棲《す》む、大きなドラゴン。

種名：ナッカー
特徴：4本の脚《あし》、退化した翼《つばさ》

✤ウィーゼル：ドレイク城《じょう》の近くの川べりに棲《す》む、臆病なドラゴン。

種名：中国の龍《ロン》
特徴：長い体に4本の脚《あし》、翼《つばさ》なし

✤ロン・ホン：東の海の竜王《りゅうおう》

✤ロン・ウェイ：西の山脈の竜王。

種名：バシリスク
特徴：どんなドラゴンにも変身できるドラゴン。鋭《するど》い毒牙《どくが》が武器で、この毒に解毒法はない。

種名：フロストドラゴン
特徴：4本の脚《あし》、大きな翼《つばさ》
極地に棲《す》むドラゴンで、体色は主に白。春と秋に極から極へ渡ることが知られている。

神秘《しんぴ》といにしえの　機関紙

1882年8月号

最古老にして大賢者《だいけんじゃ》の「守護《ガーディアン》ドラゴン」逝《い》く

8月のはじめ、我々《われわれ》はシェフィールドに棲《す》んでいたウォントリーダムの訃報《ふほう》に接した。ウォントリーダムは850歳《さい》を超《こ》えるヨーロッパドラゴンの雌《めす》で、イギリスのドラゴンの最古老にして最高の知恵者《ちえしゃ》だった。長年ドラゴン協会のリーダーである「守護《ガーディアン》ドラゴン」であり、1281年のドラゴン協会の結成以来、「ドラゴン・アイ」をはじめとする「神秘《しんぴ》といにしえのドラゴン学者協会」（S《エス》.A《エイ》.S《エス》.D《ディー》.）の宝物《たからもの》の多くを守り、ドラゴン・マスターともに人間とドラゴンの絆《きずな》の保持に努めてきた。

このウォントリーダムの死には、自称《じしょう》「ドラゴン学者」のロシア人、アレクサンドラ・ゴリニチカが関係《かんけい》しているという情報もある。ゴリニチカはウォントリーダムの死後、ヴァイキングのルーシ族のお守りである「スプラターファックス」と「セント・ジョージの槍《やり》」という、S.A.S.D.の二つの宝物とともに姿《すがた》を消したまま、今日まで足取りはつかめていない。また、前ドラゴン・マスターであるエベニーザー・クルックの子息、イグネイシャス・クルックもこの件に関与《かんよ》していると見られる。イグネイシャスは、「セント・ギルバートの角《つの》」を含《ふく》むS.A.S.D.の宝物をウォントリーダムの宝物庫《ほうもつこ》から持ち出したと思われるが、この男の行方《ゆくえ》も不明。おそらく、ウォントリーダムの洞窟《どうくつ》が崩《くず》れ落ちたときに死《し》亡《ぼう》したものと考えられている。

ウォントリーダムの死、新しいドラゴン・マスターの誕生《たんじょう》についての詳細《しょうさい》は、既刊《きかん》『ドラゴン・アイ』を参照されたし。

ドラゴン学者協会通信

新しいドラゴン・マスター決定！

「守護ドラゴン」の死という暗い報告がある一方で、S.A.S.D.の最高責任者「ドラゴン・マスター」が決定したという、喜ばしい知らせもある。前任者のエベニーザー・クルックが1875年に亡《な》くなって以来、S.A.S.D.とドラゴン協会を結ぶ重責ある地位は、7年間、適任者不在のまま空位となっていた。

くだんのウォントリーダムが最期《さいご》の瞬間《しゅんかん》に「ドラゴン・アイ」に姿《すがた》を焼きつけたことにより、新しいドラゴン・マスターに任命されたのは、かの有名なドラゴン学者、アーネスト・ドレイク博士である。協会員の多くはすでに、ロンドンのワイバーン小路《ウェイ》にある博士の店「ドラゴナリア」を一度ならず訪《おとず》れた経験があるだろう。また、セント・レオナードの森にあるドレイク博士の城《しろ》で、夏季に行われている「ドラゴン学者養成講座《こうざ》」についても聞き及《およ》んでいると思う。これまでの多大なるドラゴンと人類への貢献《こうけん》から、我々S.A.S.D.は博士の着任を心から喜ぶものである。

またこの夏、権利《けんり》なき者の手から「ドラゴン・アイ」を守った偉業《いぎょう》には、博士の年若《としわか》い弟《で》子《し》、ベアトリス・クックとダニエル・クックの働きがあったことも忘《わす》れてはならない。この二人の姉弟《きょうだい》の両親であるクック夫妻は、博士の長年の親友である。夫妻はS.A.S.D.の要請《ようせい》でインドのナーガに広がっている伝染病《でんせんびょう》の調査に赴《おもむ》いていたが、博士のこの度《たび》の着任を祝うために、帰英の途《と》につく予定だ。S.A.S.D.は、ドレイク博士のますますの活躍《かつやく》を期待する。

プロローグ ―ジャイサルメール―

北インドの街ジャイサルメールを出発してから、ノア・ヘイズは真っ赤な日の出と日の入りを3回見た。カウボーイハットを斜《なな》めにかぶった、テキサス州出身のノアは今、馬のかわりにラクダに乗っている。一人きりで砂丘《さきゅう》を越《こ》え、雑木林を抜《ぬ》けて、ついにタール砂漠《さばく》の奥地《おくち》にたどり着いた。

ここでは東からの熱風が一日中吹《ふ》いて、空には死肉をあさる鳥たちが高く飛んで

プロローグ

いる。ラクダの背《せ》でノアは手をかざして遠くを見た。行く手には、鳥がせわしなく舞《ま》っている。不安げに鼻を鳴らすラクダの首を軽くたたいてなだめると、ノアは手綱《たづな》を持ち直した。斜めになったつばの下の顔は暗かった。

ほどなく小さな砂山《すなやま》のかたまりが見えて、ノアはラクダを降《お》りた。砂山に近づくと、それは砂に覆《おお》われた8体以上の動物の死体だった。動物の姿《すがた》は蛇《へび》のようで、短いものは2メートルぐらい、長いものは10メートル以上あるだろう。うろこで覆われた胴《どう》は砂に埋《う》もれかけていたが、その体には人間のような頭部があった。タール砂漠《さばく》に棲《す》むドラゴン、ナーガが群れで死んでいたのだった。

一番小さな砂山《すなやま》に近づくと、それはナーガの赤《あか》ん坊《ぼう》だった。口のまわりには、黄色い唾《つば》が乾《かわ》いてこびりついている。ノアはポケットから小型のナイフを出し、唾を採集するためにかがみこんだ。そのとき、ノアの耳元に銃口《じゅうこう》が押《お》しつけられた。ノアはゆっくりと立ちあがると、銃をつきつけている男に向き直った。男は黄色い歯を見せてにたりと笑い、ロンドンの下町で聞くような訛《なま》りの強い言葉でしゃべった。

「あんた、ノア・ヘイズだろう。俺《おれ》はシャドウェル、ちったぁ知られた名前だろ?」

ノアは手にしていたナイフをしまい、額の汗《あせ》をぬぐうと帽子《ぼうし》をかぶり直した。

「ドラゴンを違法《いほう》に取り引きしている密売人《みつばいにん》が、俺に何の用だ」

「死んだドラゴンもいいが、生きてるドラゴンも見たかないかと思ってさ」

シャドウェルは右手の銃をノアの頭に向けたまま、左手で器用に上着のボタンを外した。上着の内ポケットから顔をのぞかせたのは、小さいけれど立派《りっぱ》なうろこをそなえたドワーフドラゴンだった。黒い小さな目がきらきらと光っている。

「フリッツ、ヘイズさんにご挨拶《あいさつ》だ」

小さなドラゴンはノアに向かって牙《きば》をむき出したが、死んだナーガの群れに気づくと居心地《いごこち》悪げにもぞもぞしはじめた。シャドウェルが耳障《みみざわ》りな声をたてて笑った。

「哀《あわ》れなナーガたちは病気で死んじまったのさ、フリッツ。でも心配すんなって。俺たちゃ死んだドラゴンには用はねえ。ちょいと人をさらうだけだ」

シャドウェルがノアのほうへ顎《あご》をしゃくると、ドワーフドラゴンは脚《あし》のかぎ爪《づめ》を前へつき出してノアに襲《おそ》いかかってきた。頭をかばおうとしたノアの視界《しかい》の隅《すみ》に、砂山の向こう側から現れた女が映《うつ》った。美しいけれど、禍々《まがまが》しい雰囲気《ふんいき》をまとったその女を、ノアは知っていた。ノアの悲鳴が熱風の吹《ふ》く砂漠に響《ひび》きわたった。

第1章　ドラゴンの卵《たまご》

ドラゴン語を話そうとする人間が、どんなに努力してドラゴンのごとくうなったり喉《のど》を鳴らしたり、歯の間から空気をもらしたりしても、最初はほとんど理解不能の音しか出せない。

——一年のはじまり『リベル・ドラコニス』より

教室の窓《まど》から見えるのは、からっぽの庭と降《ふ》りしきる雨だけだ。ドレイク城《じょう》の庭の木には、いつも鳥が止まっているのに今日はいない。そこへ、ブナの森からウサギが1羽《わ》、庭にとび出てきた。教室ではドレイク博士が小さな黒板の前に立っている。今は、ドラゴン語基礎《きそ》文法の授業の真っ最中だ。

この夏、ぼくダニエル・クックと姉のベアトリスはドレイク博士の夏季講座《サマースクール》に参加している。ここは、一般的《いっぱんてき》にはあまり知られていない稀有《けう》な生き物、ドラゴンについて学ぶ学校だ。７月に降ってわいた冒険《ぼうけん》がなければ、ぼくらの「ドラゴン学」の勉強はもうちょっと先に進んでいたはずだ。冒険のおかげでドラゴンについてずいぶんと多くのことを知ったけど、そのせいで教室での勉強はもっと退屈《たいくつ》になった。おまけに雨のせいで、ぼくらは３週間近くも教室に閉《と》じこめられている。今すぐにでも教室をとび出して森へ行き、本物のドラゴンを目の前で観察したいのに。

芝生《しばふ》の上のウサギと目があった。そのとたん、ウサギは花壇《かだん》の後ろへ走りこみ、果樹園《かじゅえん》にとびこんだ。森の入口の木がいきなり激《はげ》しく揺《ゆ》れはじめたからだ。

ドレイク博士が森で育てているワイバーンにちがいない！　ジャマールという名前のこのドラゴンは、よく森の中の囲いから脱走《だっそう》するのだ。もう少し大きくなったら、生まれ故郷《こきょう》のアフリカへもどすことになっている。

でも、森の中から現れたのは、なめし皮をまとった蛇《へび》のようなドラゴンだった。

このドラゴンはドレイク城《じょう》の近くの森に棲《す》んでいるナッカーで、〝ウィーゼル（「こそつき屋」）〟という名前がついている。ナッカーはよたよたとシダの茂《しげ》みの奥《おく》に消えた。きっとあのウサギを追ってきたに違《ちが》いない。

　前を向くと、博士がぼくに向かって話していた。まずい。授業態度について注意されているみたいだが、全然聞いてなかった。机《つくえ》を並《なら》べているベアトリスにも、がっちりとにらまれた。

「ダニエル・クック、君はもう初級者ではない。ドラゴン学中級課程《かてい》に進む者として、ドラゴン語を話せるようにならねばならない。そのため

には、ドラゴン語の動詞《どうし》を活用できるようにならなければいけないのだが」

「でも今、ウィーゼルが」

「ウィーゼルのことは忘《わす》れて、動詞『飛ぶ』の原形を言ってみなさい」

ドレイク博士に言われて、ぼくの頭は真っ白になった。前にいた寄宿学校でも、ぼくのフランス語やラテン語の成績はひどいものだったし、ドラゴン語だって大した違いはない。机に目を落としていても、博士がぼくの答えを待っているのを感じる。ぼくが答えられないでいるうちに、ドレイク博士は次の回答者を指した。

「ベアトリス、君はわかるかな?」

「『アルグライ』です、博士」と、ベアトリスは答えた。ラの音が巻《ま》き舌《じた》になっているのが、すごくいやみな感じだ。

「よろしい。ドラゴン語の動詞『飛ぶ』の原形は『アルグライ』だ。では命令形にすると、ダーシー、どうなる?」

「原形と同じで『アルグライ』です」と、ダーシー。

「わかったかね、ダニエル」と、博士がぼくを見た。

「これは昨日勉強した動詞《どうし》『見る―イヴァーシ』と、まったく同じ活用をするのだよ。原形『イヴァーシ』の現在活用は『イヴァースー・イヴァーソー・イヴァーシ・イヴァスンブル・イヴァスンプル・イヴァサーク』となる」

ため息まじりに「わかりました」と答えると、今度は、

「『飛ぶ』の現在活用を言ってみなさい」と言われてしまった。

ぼくはポケットの中の手をもぞもぞさせた。ポケットに入っているのは、ダーシー・ケンプがくれた火打石と黄鉄鉱《おうてっこう》のかけらだ。ダーシーはぼくらと同じく、ドレイク城《じょう》に住んでいるドラゴン学の生徒だ。ダーシーはドラゴンが火打石と黄鉄鉱を使って、どうやって発火性のある毒液に火をつけるのかを説明してくれたのだ。でも、ドラゴンがいかに火を起こすかという知識は、今のぼくの助けにはならない。

「ダニエル、どうかな?」

博士の声がぼくをうながす。ぼくは胃が沈《しず》むような気分を味わいながら、口を開いた。

「アルグライ・アルグルー・アルグロー・アルグリ・アルグルンブル・アルグルンプル・アル……えっと……」

最後がどうしても思い出せない。

「3人称《にんしょう》複数の現在形は、アルグラークだ。だが、途中《とちゅう》のラ行の音は平たいラリルレロではなく、ドラゴンがやるように巻《ま》き舌《じた》にするんだ。細かく震《ふる》わせて……」

博士の言葉は、教室の外から聞こえてきた咆哮《ほうこう》にかき消された。教室の壁《かべ》もびりびり震えた。犯人は教室の後ろにある窓《まど》に顔の半分をぺったりと押《お》しつけて、片目《かため》で教室のぼくたちをのぞきこんでいる。いたずら好きのジャマールだった。

「私たちに会いたくてやってきたんだわ!」と、ベアトリスが叫《さけ》んだ。

「プルルルラシク　ホヤールルルリ！」と、子ども時代をようやく終えたばかりの若いワイバーンが挨拶《あいさつ》をしてきた。それを聞いたダーシーが、興奮《こうふん》して叫《さけ》んだ。

「あれこそ、正しいラ行の巻《ま》き舌《じた》だよ！」

あまりのタイミングのよさに、ぼくらはみんな笑った。ドレイク博士も、帽子《ぼうし》を脱《ぬ》いで額の汗《あせ》をぬぐわなきゃいけないほど大笑いした。

ジャマールはうろこで雨粒《あまつぶ》をはねとばしながら、羽をむしられた巨大《きょだい》な七面鳥みたいに庭中をはねまわっている。ジャマールの後ろから、ぼくらの食事やドラゴンの世話をしてくれているガメイさんが芝生《しばふ》を横切って走ってきた。片手《かたて》に壊《こわ》れた傘《かさ》を握《にぎ》りしめ、もう片方の手でぐっしょりと濡《ぬ》れた長いスカートをたくしあげている。

「なんとしたことだ。今ばかりは、ガメイさんに手助けが必要なようだ」

やがて息を切らせたガメイさんが、転がるように教室に入ってきた。

「すみません、博士。もうほとんど飛べるジャマールを柵《さく》の中に留《と》めておくことができなくて、授業のお邪魔《じゃま》を。でも、ジャマールは子どもたちが恋《こい》しいんです」

「そろそろ飛べる頃《ころ》かと、私も思っていましたよ、ガメイさん」と博士。

「でもジャマールはすぐに、柵の中へもどしたほうがいいでしょう。ジャマールに脱走《だっそう》を許してはなりませんからね。私も手伝いましょう」

「ぼくもお手伝いしていいですか？」

すかさず申し出てみたけれど、博士がちょっと考えてから指名したのはダーシーだった。

「ダニエル、君はベアトリスと一緒《いっしょ》に卵《たまご》の様子を見てきたまえ。いつ卵がかえっても、不思議じゃない頃だからね」

いつもなら、ぼくはいそいそと卵を見にいったことだろう。ドレイク博士に任されて、ぼくとベアトリスがずっと世話してきた卵は、ありふれた動物の卵じゃないんだから。卵からかえるのは、ヨーロッパドラゴンの赤ちゃんだ。でも、ぼくは今、ジャマールを追って外へ出ていきたかった。そんな気持ちが顔に出ていたに違《ちが》いない。ドレイク博士は、ぼくを元気づけるように言った。

「雨は必ずやむものだよ、ダニエル。そんなにしょげこまなくてもいい。私の推測《すいそく》では、君たちのご両親は今頃《いまごろ》はスエズ運河に到着《とうちゃく》しているはずだ。二人がイギリスに着く時分には卵《たまご》はかえっているだろうから、ドラゴンの赤《あか》ん坊《ぼう》をしっかり育てているところをご両親に見せられると思うよ」

博士の言う通りだ。ぼくも両親をびっくりさせたくてたまらなかった。だって、ぼくとベアトリスはもう丸４年も、お父さんとお母さんに会っていない。二人は北インドの街ジャイサルメールに、ずっと出かけたままだった。その街の王族、マハラワルと一緒《いっしょ》にタール砂漠《さばく》に棲《す》むドラゴン、ナーガについて調査をしていたのだけれど、やっとイギリスに帰ってくることになったのだ。

卵を見にいくため、ベアトリスとぼくはそれぞれ記録帳を持った。ぼくらはこのノートに、ドラゴンについて学んだことすべてを書きつけている。黒い防水布の下に身をよせあい、水たまりをはねちらかしながら、ぼくらは炭置き小屋へ向かった。

卵はずっとこの古い石の小屋で温められている。ドラゴンの赤ちゃんが卵からかえったときに居心地《いごこち》がいいように、ぼくとベアトリスは、ドラゴンの好きなきらきら光るものを山ほど集めて巣を作った。きらきらした山の隣《となり》には、卵をひっくり返すときに使う長い火ばさみと、赤ちゃんが生まれるときに殻《から》を割《わ》るための大きなハンマーが置いてある。

卵は土のかまどの上に置いてあった。ドレイク博士が傷《きず》ついた母ドラゴン、スクラマサックスからこの卵を預けられたのは２か月前だ。初めは茶色だった卵の殻は明るい紫《むらさき》になり、さらに濃《こ》い紫へと、少しずつ色を変えてきた。

「お父さんとお母さんが帰ってくるのに、あとどのくらいかかるのかな？」

小屋の中に走りこみながら、ベアトリスにきいてみた。

「たぶんまだ2、3週間はかかると思うわ」

「その頃《ころ》までに、卵《たまご》はかえっていると思う？」

「そうねぇ……」

ベアトリスは壁《かべ》に貼《は》ってある表と卵を見比べた。それは、ヨーロッパドラゴンの卵が孵化《ふか》するまでの殻《から》の色の変化を示した表だ。毎日ぼくらは殻の色とこの表を見比べて、卵の成長を確かめてきた。ぼくらの目の前にある卵の色は、今や表の一番最後にある「孵化寸前《すんぜん》」の色合いと、ぴったり同じになっていた。

「もういつ生まれてもいいはずなんだけど」

ぼくは火ばさみで慎重《しんちょう》に卵をひっくり返すと、かまどに炭をつぎたした。

朝のあんなにひどい雨が午後にあがるはずもなかった。お昼ごはんのあとは教室に逆もどりだ。黒板の前に立っているのは、乾《かわ》いた服に着替《きが》えたガメイさんだ。

「午後の授業は街に棲《す》むドラゴン、ガーゴイルについて私がお話しします」

先生が交代するのにも慣れた。ドレイク博士がドラゴン・マスターとなり、同時に「神秘《しんぴ》といにしえのドラゴン学者協会（略してS.《エス》A.《エイ》S.《エス》D.《ディー》）」の最高責任者になったのが、２か月前。それから博士は、ものすごくいそがしくなった。

授業が始まったとたん、博士の研究を助けているアメリカ人のドラゴン学者、クロスさんが教室にとびこんできた。きさくな彼《かれ》をぼくらは「エメリー」と呼《よ》んでいる。

「授業中に申《もう》し訳《わけ》ないが、」と、エメリーは息をついだ。

「ベアトリスとダニエル、博士が二人にすぐ小屋へ来てほしいとおっしゃっている。ついに卵がかえりそうだぞ！」

すぐに教室のみんなで炭置き小屋に駆《か》けつけた。ベアトリスとぼくは、はやる気持ちをおさえてかまどの前に立った。

コツ。

卵《たまご》の中から音がする。ドラゴンの赤ちゃんが殻《から》を割《わ》ろうと、内側から卵角《らんかく》で殻をつっついているのだ。

コツ、コツ、コツ！

音がせわしなくなるにつれ、炭の炎《ほのお》に包まれた卵は、前に後ろに揺《ゆ》れはじめた。

ドレイク博士がぼくに言った。

「前にやってみせたように、火ばさみでしっかり卵をはさんで床《ゆか》に降《お》ろしなさい」

ぼくは長い火ばさみを握《にぎ》ると、真っ赤な炭の上の卵をつかんだ。炎の熱が鉄の火ばさみを伝わってくる。卵は重かったけど、火ばさみでしっかりはさんで石の床に降ろした。殻をつっつく音はますます大きくなる。

「次はベアトリス、君だ。ハンマーをあつかえるかい？」

ベアトリスはハンマーの柄《え》を握って、頭上にふりかざした。大きくて重いハンマーに比べると、ベアトリスは小さく頼《たよ》りなげに見える。

「卵の揺れが止まるまで、そのままで待つんだ」

ドレイク博士の指示通り、ふりおろすタイミングを待っているベアトリスが、ハンマーの重さで少しふらついた。

「今だ！」

ドレイク博士の声にベアトリスは満身の力をこめて、卵にハンマーをふりおろした。内側からの音はやんだが、卵の見かけにはなんの変化もない。

「もう一度！」

ドレイク博士が叫《さけ》んだ。ベアトリスが卵にたたきつけたハンマーが鈍《にぶ》い音をたてる。ベアトリスはくり返し、ハンマーを打ちおろした。

「待て！」

博士の鋭《するど》い声にベアトリスはハンマーを頭上にふりあげたまま、ふんばった。卵の表面にひびが走る。よく見ようと前に出たぼくを、ドレイク博士が止めた。

「待ちなさい、卵《たまご》はまだ猛烈《もうれつ》に熱いからね」

突然《とつぜん》、卵から、ひとかけらの殻《から》が床《ゆか》に落ちた。もう一つ、また一つと殻が落ちていく。ついに、ちっちゃな角《つの》がついたドラゴンの鼻先が割《わ》れ目からつき出てきた。鼻に続いて頭、細い首、赤っぽいうろこに覆《おお》われた骨《ほね》ばった体が現れ、小さいけれど鋭《するど》いかぎ爪《づめ》と、背中《せなか》にぴったりとたたんだ小さな翼《つばさ》が見えてきた。先端《せんたん》に大きな矢じりがついたようなしっぽが、ピシリと音をたてる。ドラゴンの赤ちゃんはビーズのように輝《かがや》く目でぼくらを見ると、体全体を震《ふる》わせて2回くしゃみをした。鼻と口から緑色のねばねばしたものが出た。ドラゴンはぼくらを見あげると、小さくうなって、生まれて初めて小さな翼を開いた。ベアトリスがうっとりと言った。

「この子、男の子だわ。なんてかわいらしいんでしょう！」

第2章　悪い知らせ

遊びたいという衝動《しょうどう》は、すべての幼《おさな》い生き物に共通した、最も強い欲求《よっきゅう》である。

——人間学の手引《てびき》『リベル・ドラコニス』より

ドラゴンの誕生《たんじょう》に、ぼくらが興奮《こうふん》してまださかんに歓声《かんせい》をあげている間に、ドレイク博士はチョッキから金の懐中《かいちゅう》時計を取り出した。

「午後1時17分、誕生」

卵《たまご》がかえった正確な時間をベアトリスの記録帳に書きつけると、博士はまだ興奮さめやらぬぼくらに言った。

「さて諸君《しょくん》、これからベアトリスとダニエルは赤《あか》ん坊《ぼう》を洗《あら》わなければならん。ひとまず教室へ引きあげてくれたまえ」

　ドラゴンの赤ちゃんが卵《たまご》からかえったとき、すぐに水浴びをさせるのは、体を冷ますためと、もうひとつは体にくっついているベタベタした卵の中身を洗い流すためだ。博士の言い方によれば「ドボンとやる」までは、ドラゴンの赤ちゃんの体はすごく熱いままだ。初めての水浴びをさせる役を買って出たぼくは、ごわごわした耐炎性《たいえんせい》の手袋《てぶくろ》をはめた。この手袋はドラゴンの脱皮《だっぴ》した皮でできている。ベアトリスが、水の入ったバケツをドラゴンの前のはかりにのせて、緑色のタオルを手にすると、ぼくはドラゴンの後ろに立った。

「そうだ、ダニエル。教えた通りにすばやくな」と、博士が言った。

　ぼくはかがみこむと、ドラゴンの体を後ろから両手でしっかりとつかんだ。よたよたと歩きはじめていたドラゴンはつかまれるのをいやがって、うなり声をあげて暴れだした。ドラゴン特有の強い硫黄《いおう》のにおいが立ちのぼる。生まれたてなのに、ドラゴンの赤ちゃんはびっくりするほど重かった。落とさないように必死でつかむと、厚い手袋ごしにもジタバタするトカゲみたいな体を感じた。顔の前で空を切っている翼《つばさ》の先でひっかかれないように顔をそむけながら、ぼくはなんとかドラゴンをバケツにドボンと入れた。たちまちバケツの水がシュウシュウと沸《わ》きあがり、あたりは水蒸気《すいじょうき》でいっぱいになった。ぼくがドラゴンからすばやく手を離《はな》すと、ベアトリスと博士はバケツがのっているはかりの目盛《めも》りをすばやく読み取った。

「全体からバケツと水の重さを引いたドラゴンの重さは、５，７１５グラムだね。蒸発《じょうはつ》した分を考慮《こうりょ》に入れても、非常に理想的な体重だ」

　博士はさっき書き留めた誕生《たんじょう》時刻《じこく》の横に、体重を書き加えた。

「さあ、ダニエル、赤ん坊を引きあげてくれ」

　水蒸気がもうもうと立ちのぼるバケツの中で、ぼくはドラゴンを手さぐりでつかまえようとした。いやがるドラゴンは咬《か》みつこうとしたけど、ドラゴンの皮の手袋《てぶくろ》は強く、牙《きば》も防いでくれる。すぐにしっかりとつかまえてバケツから出すと、タオルを広げて待ちかまえているベアトリスにドラゴンを渡《わた》した。タオルに包まれるやドラゴンは勢いよく体をタオルにこすりつけて、くしゃみをした。

ベアトリスにタオルで拭《ふ》いてもらうと、ドラゴンはもうすっかりしゃんとしていた。卵《たまご》からかえったばかりのときに見られた、動きの固さはどこにもない。ドレイク博士の足の間をすりぬけて、ドラゴンがまっすぐに向かったのは、きらきらした巣山のてっぺんだ。そして、その上から、ぼくらが集めたものを一つ一つ掘《ほ》り出《だ》した。鼻を鳴らしながらつつきまわしたり、かぎ爪《づめ》やしっぽでたたいて吟味《ぎんみ》している。やがて不器用ではあるけれど、気に入ったものを自分の足元にかき集め、いらないものは遠くへ押《お》しやって分けはじめた。ドラゴンが選んだのは、にせものの宝石《ほうせき》のついたネックレス、割《わ》れた鏡のかけら（縁《ふち》にやすりをかけて丸くしたやつ）、太い

第2章　悪い知らせ

鎖《くさり》の輪が一つ、色つきガラスがついている錫製《すずせい》の小さなジョッキに、ドレイク博士がくれた凝《こ》ったデザインの旅行用時計だ。すっかり選《え》り分《わ》けが終わった巣山のまわりを犬のようにぐるぐる回ると、ドラゴンはてっぺんに陣取《じんど》って宝物《たからもの》をおなかの下に抱《かか》えこんだ。そして今度は首をそらせて牙の生えている口を大きく開けると、甲高《かんだか》い声でキュンキュン鳴きはじめた。体は大きいけど、腹《はら》ペコの鳥の雛《ひな》みたいだ。

ちょうどそのとき、小屋の戸を開けて

ダーシーが入ってきた。台所から餌《えさ》にする肉を持ってきてくれたのだ。肉の切れ端《はし》が大きな深い鍋《なべ》に入っていた。ドラゴンは鼻を鳴らしてにおいを嗅《か》いだけど、黒っぽい舌をちろちろさせるだけで宝《たから》の山から動こうとしない。

「水につけたことを赤《あか》ん坊《ぼう》が許してくれるよう、ダニエルに餌をやってもらおう」

博士の言葉に、ぼくはドラゴンの座《すわ》る山の脇《わき》に膝《ひざ》をついた。

「前に教えた餌のやり方を思い出して。手のひらを完璧《かんぺき》に水平にするのだよ」

ぼくは肉をいくつか手にのせると、ドラゴンのほうへさしだした。ところがドラゴンはぼくをまるっきり無視《むし》して、ずっとベアトリスを見つめている。途方《とほう》に暮《く》れていたぼくに、突然牙《とつぜんきば》をむいて立ちあがると威嚇《いかく》するようになった。後ろへとびすさったはずみに肉が床《ゆか》に落ちると、ドラゴンは肉めがけてつっこんできた。すばやく肉をくわえて巣の上まで走ってもどると、そこで肉をふた口で腹《はら》におさめた。

「あんなまねさせちゃ、だめじゃない」

ぼくはもう一度、餌をやろうとしたけど、ドラゴンはベアトリスしか見ていない。ぼくにできたのはドラゴンの鼻面《はなづら》に肉をさしだすことだけで、やつは勝手に肉をかすめ取っていった。もう一度やってみようと深鍋《ふかなべ》に手をのばしたところで、ドレイク博士がぼくを呼《よ》んだ。

「いかに必要なこととはいえ、ドラゴンの赤ん坊は水につけられるのを好まん。餌やりはまたの機会にしよう」

「大丈夫《だいじょうぶ》よ、ダニエル。きっとすぐできるようになるわ」

「じゃあ、姉さんもやってみたらいいさ」

ぼくがベアトリスに場所をゆずると、ベアトリスは鍋から肉をいくつか取り出した。巣山の上で鳥の雛《ひな》みたいな格好にもどったドラゴンに、ベアトリスは手のひらから食べさせるかわりに、大きく開いた口の中へ直接、肉を落とした。ドラゴンは肉をほとんど丸飲みすると、すぐに次をねだった。

ドラゴンはものすごい食欲《しょくよく》だった。ベアトリスはゆっくりと肉をやり続けたが、30分もすると鍋《なべ》も空になった。それでもドラゴンは、餌《えさ》をねだった。おまけに空の鍋を見せてやったぼくを、お前が中身を隠《かく》したんだとでも言うようににらみつけてきた。もう肉がないことがわかると、ドラゴンは3回しゃっくりをして、のびをした。巣山から降《お》りてベアトリスの足元にごしごしと体をこすりつけると、巣山のふもとをぐるぐると回る。ドラゴンはもう一度ベアトリスをふり返ると、巣山のてっぺんでしっぽをぐるりと顔の前まで巻《ま》きこみ、寝入《ねい》ってしまった。

ドレイク博士がくちびるの前に指を立てて、ぼくらに小屋を出るようにと身ぶりで伝えてきた。ぼくらが静かに小屋を出ると、博士がそっと戸を閉《し》めた。

「ダニエル、今日うまくいかなかったからといって、悲観するんじゃない。私は君たち二人の働きを大変誇《ほこ》りに……」

博士はチョッキのポケットを探りながら、言葉を切った。なんと博士の懐中時計《かいちゅうどけい》が金の鎖《くさり》ごと消えていたのだ。

「なんてことだ！」と博士は声をあげて、にやりとした。

「あのいたずら者は私の時計を盗《ぬす》んだらしい。ドラゴンが私を出《だ》し抜《ぬ》くことなど、めったにないんだが」

博士は愉快《ゆかい》そうにクスクス笑いながら、小屋へともどっていった。


生まれてすぐ、鍋いっぱいの肉を平らげたドラゴンは、それから4日間も眠《ねむ》ったままだった。いつ見にいっても、眠りこんだときと格好すら変わっていない。季節はしだいに秋に近づき、空気からは湿気《しっけ》が薄《うす》らぎはじめたけれど、いまだに突然《とつぜん》、土砂降《どしゃぶ》りの雨が降《ふ》るので教室での授業が続いていた。

街に棲《す》むドラゴン、ガーゴイルについて、ガメイさんによる授業も始まっていた。もうじきぼくらも、フランスの首都パリに棲んでいるガーゴイルに会えるかもしれないと、ガメイさんが教えてくれた。ぼくはがぜん興味をそそられて、ガメイさんの話に聞きいった。

ガーゴイルは、石の彫像《ちょうぞう》の「ガーゴイル」によく似ていて、何時間でもじっとしていられるので、生きているドラゴンだと知られることはほとんどない。またガーゴイルは、血族ごとに群れを作って暮《く》らし、年長のガーゴイルが群れを統率《とうそつ》する。街に暮らしているけど、人間とのつきあいは「ガーゴイラー」と呼《よ》ばれるドラゴン学者のみに限っている。

ガーゴイルについて学んでいる間、ぼくらはほとんどドレイク博士を見かけなかった。ぼくらに卵《たまご》からかえったドラゴンを預けて、博士はロンドンにある自分の店、ドラゴン・グッズ専門店《せんもんてん》の「ドラゴナリア」で過ごすことが増えた。「ドラゴナリア」は、表向きはドラゴンのグッズを集めた店だけど、本当のところはS.A.《エスエイ》S.D.《エスディー》の本部であり、博士の研究室でもあった。ぼくらの両親の居場所と、ジャイサルメールでマハラワルがどうしているかといったことを問い合わせるため、博士はエメリーを使いに出していて、その返事を待っているのだ。時々、博士を見かけることがあっても、博士はいつもすごくいそがしそうだった。

ドラゴンの赤ちゃんが卵からかえってから5日目の朝。ベアトリスとぼくがガーゴイルの住処《すみか》として名高い古い建築物の本を読んでいる最中に、ドラゴンが餌《えさ》をねだる、あの高い声が炭置き小屋から聞こえてきた。

「やっと目を覚ましたんだわ！」

ぼくらはまず台所に駆《か》けこむと、肉のかけらを集めていっぱいにした鍋《なべ》と、古新聞の束《たば》を持って小屋へと急いだ。

「今度はぼくの手から餌を食べてくれるといいんだけど」

ぼくのつぶやきにベアトリスがうなず[illegible]た。

「私がやったみたいにやってみなさいよ。き[illegible]まくいくわ」

小屋の戸を開けたとたん、とび出してきたドラゴンにつまずいて、ベアトリスは転ぶところだった。ドラゴンはベアトリスにとびつくと、ベアトリスの顔をなめた。

「うれしいのはわかったから、降《お》りてちょうだい！」

ぼくも笑ってしまった。ドラゴンはもう2、3回、ベアトリスの顔をなめると、巣山まで小走りにもどった。今回も、ぼくのことはまるっきり無視《むし》だった。ちらりとこちらを見ることさえしなかった。

びっくりしたのは、ドラゴンの赤ちゃんの大きさだった。少なくとも、生まれたときの3倍にはなっている。もう一つびっくりしたのは、小屋中にひどいにおいが漂《ただよ》っていたことだ。においの元は、小屋の隅《すみ》で小山になっているドラゴンの糞《ふん》だった。まずは小屋を掃除《そうじ》しなければならない。トイレのしつけができるまで、少し時間がかかるかもしれないな。ぼくらはまず、持ってきた古新聞を小山のまわりに敷《し》いて、ドラゴンのおしっこを吸《す》わせることにした。ベアトリスはドレイク博士にもらったスコップで糞をすくって、小屋の外へ運ぶ。

その間、ぼくは肉を手のひらに置いて、用心しながらドラゴンの前にさしだしてみた。ところが今回はうなりもしない。先が矢じりのようになっているしっぽを揺《ゆ》らして、ベアトリスを見つめているだけだ。ベアトリスがこちらに来てくれないとわかると、ドラゴンはベアトリスの前に走っていって、ころりとおなかを見せた。

「また私が餌《えさ》をやらなきゃいけないみたいね」と、ベアトリス。

「そうだね、ぼくよりもずっと姉さんに向いた仕事みたいだ」

ぼくが不機嫌《ふきげん》に答えると、ベアトリスはスコップを小屋の外に置き、鍋《なべ》から肉を取り出した。ドラゴンはすぐに肉片《にくへん》を受け止められるように、頭をそらして大きく口を開いた。すっかり鍋の中身を食べ尽《つ》くしたあと、ドラゴンはまた3回しゃっくりをした。でも、今度はすぐに寝入《ねい》りはしなかった。かわりに巣山を鼻で掘《ほ》ると、鉄の鎖《くさり》をくわえてきた。ドラゴンは鎖をしゃんしゃんと鳴らしてベアトリスに見せにくると、巣の縁《ふち》に置いてあった煉瓦《れんが》の下につっこんだ。それからベアトリスのところまで走ってくると、頭を片側《かたがわ》にかしげてベアトリスを見あげたのだ。

「まあ、一緒《いっしょ》に遊びたいのね。宝物《たからもの》を見つけてほしいの？」

ベアトリスがわざと見つけられないようなふりをしたあとで、本当にびっくりしたような顔で煉瓦の下から鎖《くさり》を取り出すと、ドラゴンは蛇《へび》のように体を左右にくねらせた。きっと喜んでいるに違《ちが》いない。ベアトリスの手から綱引《つなひ》きのように引っぱって鎖を取りもどすと、ドラゴンはまた鎖を隠《かく》した。

「今度はぼくに見つけさせてよ」

「いいわよ」

ところがぼくが鎖の隠し場所に近づいたとたん、ドラゴンがぼくの前に立ちはだかった。翼《つばさ》をこれ以上広げられないぐらいに広げ、大事な鎖にぼくを近づけまいとうなった。

「おいおい、遊んでやってるだけじゃないか」

ぼくが近づこうとすると、ドラゴンの首が弓なりになり、牙《きば》がむきだしになった。

「ダニエル、気をつけて。赤ちゃんが怖《こわ》がっているわ」

これには、ぼくもカッときた。

「どうせぼくは、何も満足にできないよ。こいつの世話なんか、ベアトリスが一人でやればいいじゃないか。本当は自分だって、そうしたかったくせに」

炭置き小屋をとび出すと、ぼくは城《しろ》へ駆《か》けもどった。２階へ駆けあがって男の子に割《わ》りあてられた部屋にとびこむと、自分のベッドにばたんと倒《たお》れこんだ。

天井《てんじょう》をにらんで真っ黒な気分にひたっている最中に、ダーシーが入ってきた。

「ドラゴンの赤《あか》ん坊《ぼう》の世話がうまくいってないんだって？」

ぼくは違うと言いたくて、頭をふった。ダーシーはちょっと考えて、口を開いた。

「ちょうど雨もやんだし、ジャマールに飛び方を教えるのを手伝ってくれないかな」

「いいよ、つきあう」

もごもごと答えると、ぼくはダーシーについて階下へ降《お》りた。ダーシーはジャマールに飛び方を教えるのを任されている。ドレイク城《じょう》を出て、セント・レオナードの森のジャマールの囲いに続く小道をたどった。歩きながらダーシーが口を開いた。

「遅《おそ》かれ早かれ、赤《あか》ん坊《ぼう》も君になつくと思うよ。あまり気にしないで。ドラゴンは本当に水浴びが嫌《きら》いなだけなんだ」

ぼくはダーシーに愚痴《ぐち》をこぼした。

「ぼくはドラゴンの赤ちゃんが、ぼくのことを嫌うかもしれないなんて考えもしなかったんだよ。それに授業でも全然いいところがないし」

「ぼくに姉さんはいないけど、ベアトリスみたいに何でもできちゃう姉妹《きょうだい》がいるのは、ちょっといやかも」と、ダーシーが笑いながら言った。

「痛《いた》いところをついてくれるね」

「気にさわったなら、ごめん。でもね、ドラゴンについて勉強を始めたばかりにしては、君はすごくよくやっていると思うよ」

「でも、ベアトリスほど、すごくはないでしょ？」

ぼくの切り返しに、ダーシーは返事をしなかった。

正直な返事をありがとう、とぼくは心の中でつぶやいた。ぼくらはしばらく黙《だま》ったまま、ジャマールの囲いに近づいていった。囲いが見えたところで、ぼくはダーシーに言った。

「ダーシーこそドラゴンについてよく知っているじゃないか。ドラゴン・マスターになりたいって思ったことはある？」

ぼくの問いに、ダーシーは驚《おどろ》いたように目を見開いた。

「じゃあ、ダニエル、君はドラゴン・マスターになれないかもしれないって思って、頭にきちゃってるってわけ？」

「ちがうよ、ぼくが怒《おこ》ってたのは、ベアトリスの『ドラゴンの赤《あか》ん坊《ぼう》のことなら何でも知ってるわ』って態度だよ。でも君はドラゴン・マスターになりたくないの？」

「全然なりたくないよ」

「そらまた、なんでさ？」

「きっと四六時中、頭の痛《いた》いことでいっぱいだよ。ぼくはドラゴンのために働きたいんであって、ドラゴンのことでいつも悩《なや》んでいたいわけじゃない。それに、すごく手強《てごわ》いライバルが出てくるに違《ちが》いないからね」

「ぼくはいつか、ドラゴン・マスターになりたい。そんなに悪い夢でもないような気がするんだけど」

自分で言いながら、かなりきまりが悪い。そんなぼくにダーシーが笑いかけた。

「ああ、君はちょうどいい年齢《ねんれい》だね」

「ちょうどいい年齢って？」

「ドラゴン・マスターは11歳《さい》か12歳の初級者を、自分の後継者《こうけいしゃ》として鍛《きた》えはじめるんだ。もちろん一人きりってことはない。たいていは同時に二人を育てる」

「同時に二人が決まりなの？」

「たとえば、博士とイグネイシャス・クルックは一緒《いっしょ》に修行《しゅぎょう》した間柄《あいだがら》なんだ」

「でもドラゴン・マスターになれなかったからっていって、イグネイシャスみたいに無理を通すこともないよね？」

「ぼくもあれはひどいと思う。イグネイシャスのやり方は、無様《ぶざま》だね」

ジャマールの囲いに着いたとき、ぼくはダーシーの言っていた「ドラゴン・マスターは、後継者候補《こうほ》を二人同時に育てる」っていう話について考えていた。ドレイク博士は、ぼくとベアトリスをそのつもりで鍛えているんだろうか？　もっとありえそうなのは、チディングフォールド男爵《だんしゃく》の二人の子ども、ビリーとアリシアだ。この夏のはじめ、二人もドレイク城に来ていたじゃないか。それとも候補者はダーシーとベアトリスかもしれない。いずれにせよ、ぼくはお呼《よ》びじゃない。赤《あか》ん坊《ぼう》の世話一つとっても、ぼくは全然だめだってわかっちゃったし。ああ、何だかいやになっちゃう。考えこんでいたぼくを、ダーシーの声が現実に引きもどした。

「ここに凧《たこ》を置いてあるんだ」

そう言ってダーシーは茂《しげ》みの中から、防水布でできたかばんを引きずり出した。

「凧って、何に使うの？」

「ジャマールに飛び方を教えるためさ。すぐわかるよ！」

ダーシーが口笛を吹《ふ》くと、すぐにやんちゃざかりのワイバーンがやってきた。すさまじい音をたてて入口に現れるや、長いしっぽの一撃《いちげき》で柵《さく》を壊《こわ》してしまった。

「プライシク　ボヤール、ジャマール！」と、ダーシーがドラゴン語でジャマールに大声で話しかけた。

「アルグライ　ヤーヤー　ダニエル！」

ちょっとの間、ジャマールは静かになった。見ると鼻面《はなづら》にしわをよせて、何かを思い出そうとしているようだ。それから大きく翼《つばさ》を打ちふると、足を踏《ふ》み鳴らしてダーシーに返事をした。

「プルルルライシク　ホヤールルルリ。シュムル　アルグルルリ」

「ジャマールがドラゴン語の動詞《どうし》を使えるなんて、知らなかったよ！」

びっくりしているぼくに笑いかけると、ダーシーは「シュムル　アルグリ！」と、ジャマールを急《せ》かすように手をパンパンと打ち鳴らした。

「アフリカに帰ったときに困《こま》らないように、ちょっと前からガメイさんが簡単《かんたん》な表現を教えているんだ。ちなみに」と、ダーシーはぼくのほうを見た。

「ジャマールの名前をドラゴン語で読むと、『シュムル』になるんだ。ついでに言っておくと、アフリカはドラゴン語で……」

「ウフルルルクウ」と答えたのは、なんとジャマールで、さらに得意げに続けた。

「シュムル　アルグルルルリ　ヤーヤー　ウフルルルルクウ」
ぼくとダーシーは顔を見合わせて笑ってしまった。「ジャマールはアフリカに向かって飛ぶ」と言ったのだ。ダーシーが囲いの戸にかかっていた掛《か》け金《がね》を外した。訓練の始まりだ。

ぼくらはジャマールを森の中にある広い空き地に連れていった。ジャマールは、ぼくらの後ろをはねるようにしてついてくる。広場で広げたダーシーの凧《たこ》は赤く、東洋の龍《りゅう》の絵がついていた。しっぽにはきらきら光るビーズがついている。何回も使われたと見えて、凧には無数の裂《さ》け目や破《やぶ》れ目があり、針金《はりがね》で何度も直された跡《あと》がある。凧を目にするやジャマールは、ボクサーのように片足《かたあし》ずつに体重を乗せかえて、かぎ爪《づめ》の先でぴょんぴょんとびはじめた。やる気十分なジャマールのかたわらで、ぼくは実際に凧を揚《あ》げながら、どうあつかうかをダーシーに教えてもらった。

凧の高度を調節するために手元の糸をくりだす方法、凧をうんと高く揚げたいときに早く短い間隔《かんかく》でぐいぐいと糸を引くやり方などだ。ダーシーがジャマールに向き直った。

「準備はいいかい？　さあ、行くよ！」

「アルグルー　ヤーヤー　ウフルルルクウ！」と、ジャマールも答えた。

「そうだよ、きみはアフリカに飛んで帰るんだ！　でも、まずはあそこの木を飛び越《こ》えられるぐらい、うんと高く、長く飛べるようにならないとね」

ダーシーはぼくに凧の糸巻《いとま》きを手渡《てわた》すと、ジャマールに叫《さけ》んだ。

「ゲルプサール（上昇《じょうしょう》せよ）、ゲルプサール！　アルグライ！　アルグライ！」

ダーシーの声に、ジャマールは翼《つばさ》をばたつかせながら空き地を走っていく。

「シュムール　アルグルルルリ！」

前のめりになりながら、何回か翼を打つと、瞬《また》く間にジャマールは地上から4メートルを超《こ》える高さまで舞《ま》いあがり、すぐ降《お》りてきた。

「凧《たこ》を高く揚《あ》げて！」と、ダーシーが言った。

しだいに凧を飛ばすコツがつかめてきた。ぼくが方向を変えて走るたびに、凧も空中でビーズのついたしっぽをきらきらさせて向きを変える。これがジャマールをやる気にさせるらしい。ジャマールは凧の下の草地を小走りに横切って、うろこの生えた膝《ひざ》をぐっと曲げると、次の飛翔《ひしょう》に備えた。

「ゲルプサール！　アルグライ、ゲルプサール！」

ダーシーが叫《さけ》ぶと、ジャマールはもう一度前のめりに飛びあがり、翼《つばさ》を強くはばたいた。ジャマールは今、きらめく凧のしっぽしか見ていない。ぼくらの目の前でジャマールはどんどん高度をあげていく。４メートル半、６メートル、７メートル半……。もうちょっとで凧のしっぽに届《とど》きそうになったとき、ジャマールはバランスを崩《くず》した。大きく翼を広げたまま、空中を滑《すべ》るように降りてくる。

そこでぼくはひらめいた。凧の糸をちょいちょいと引くと、ダーシーにきいた。

「もう一回やってみてもいい？」

「いいよ」

ジャマールは早くもこの訓練にあきはじめていた。ぼくは凧の高度をぐっと低くした。地上にいるジャマールの鼻先を、ちょうどかすめるぐらいの高さで凧を飛ばしてジャマールを誘《さそ》ったのだ。

「ゲルプサール！　アルグライ！」

ぼくが叫ぶと、ダーシーもジャマールに呼《よ》びかけた。

「ゲルプサール！」

ジャマールはまんまとのってきた。よたよたとつんのめりながら、目の前でひらひらする凧のしっぽに咬《か》みつこうとする。でもぼくは、その度に少しずつ凧を高くした。ついにジャマールは３歩後ろへ下がると、勢いをつけて空中へ飛びあがった。

ジャマールの翼《つばさ》は今までになく滑《なめ》らかに動き、ぐんぐん高度をあげていく。

さっきの一番高かった高度まであがって凧《たこ》に届《とど》きそうになったとき、もっと凧が高く揚《あ》がるようにぼくは糸をうんと強く引いて、すばやく糸をくり出した。ジャマールは凧のあとを追い、もう地上9メートル近くまであがっている。凧のしっぽが咬《か》みつかれそうになった瞬間《しゅんかん》、ぼくはいきなり凧の向きを大きく左へと変えた。なんと、ジャマールはついてきた！　今度は凧をすばやくジャマールの体の下にくぐらせて、右へと走らせた。すぐに高度を落としたジャマールがついてきたが、今度は左へ急旋回《きゅうせんかい》だ。まだまだジャマールはついてくる。

「すごいぞ、ジャマールが飛べるようになってきた！」

興奮《こうふん》したダーシーが叫《さけ》んでいる。ぼくは凧の糸を全部くり出しながら、空き地を走った。凧はこれまでにない高さをめざして昇《のぼ》っていく。そしてぼくの手の中で凧の糸が尽《つ》きたとき、ジャマールはしっかりと飛んでいた。ついにジャマールは飛べるようになったのだ！　ぼくが糸を少し引いて、再び右へ凧を走らせたとき、先を読んでいたジャマールはたった2回はばたいただけで凧に追いつき、かぎ爪《づめ》で二つに裂《さ》いてしまった。凧の残骸《ざんがい》が空からひらひらと落ちてきて、木に引っかかった。

ジャマールはぼくらの頭上を円を描《えが》いて飛んでいる。

「ついに飛べたね、ジャマール！　よくやったね！」

ダーシーが叫んだ。

「ダーシー、これからどうすればいいの？」

「ジャマールはまだ、あまり長いこと飛んでいられないはずだからね」

と言うと、ダーシーはジャマールに呼《よ》びかけた。

「ケラマバク！」

「どういう意味？」

「『降《お》りてこい』だよ。でも、今までに一度も言うことをきいたことがないんだ」

ダーシーがけろりとして言う通り、ジャマールには降《お》りてくる気配《けはい》はまったくなかった。それどころか、森の中に何かを見つけたのか、ほんの数回すばやくはばたいただけで、ジャマールは見えなくなってしまった。

ぼくは不安になったけれど、ジャマールの姿《すがた》が見えなくなって10秒もしないうちに、遠くないところで何かが地面に落ちる大きな音がした。ジャマールは飛び方はつかんだのかもしれないが、着地についてはまだまだらしい。やがて空き地まで歩いてもどってきたジャマールは、それでもしゃんとしっぽを高く持ちあげて誇《ほこ》らしげにひと声吠《ほ》えた。

「シュムル　アルグルルルリ　ヤーヤー　ウフルルルルクウ！」

壊《こわ》れた凧《たこ》を回収すると、ぼくとダーシーはジャマールを囲いの中へもどした。森の中を歩き、もう少しでドレイク城《じょう》というところで、ぼくらは頭上にはばたきを聞いた。ダーシーはたちまち顔色を失った。

「そんなこと、ないとは思うんだけど……」

おそるおそる後ろをふりかえったぼくらは、息をのんだ。ぼくらの頭上、枝《えだ》を広げたカシの木からぼくらを見おろしていたのは、灰色がかった緑色のぶ厚《あつ》い皮で体を覆《おお》われたドラゴンだった。『不思議の国のアリス』に出てくるチェシャ猫《ねこ》みたいににやにやと笑っているように見える。体はまるで苔《こけ》が生えた古い石みたいで、大きな目は丸く、かぎ爪《づめ》も長い。茂《しげ》った枝にどっしりと落ちついていて、今すぐ襲《おそ》ってくるふうには見えないけど、ひと飛びでぼくらを打ち倒《たお》せる距離《きょり》にいる。

「ガーゴイルだ！」

ダーシーが興奮《こうふん》しながらも、不思議そうに言った。

「知っているドラゴンなの？」

「ううん。生きているガーゴイルを見たのは、これが初めてだよ」と、ダーシー。

ぼくはちょっと咳払《せきばら》いをすると、ガーゴイルに話しかけた。

「えっと、プライシク　ボヤール？」

「プルルライシク　ホヤルルルリ！」

はじめまして、と言ったぼくに、ガーゴイルも、こちらこそはじめまして、と返してきた。続けて「ヴァルルルルシク　ドラク？」ときいてきた。意味がわからないぼくを、ダーシーが助けてくれた。

「ここがドレイク博士の住んでいるところかどうかを知りたいんだよ」

ダーシーは「ヴァルスク　ドラク」と、ガーゴイルに答えた。

ガーゴイルはちょっと考えるように薄《うす》くて長いかぎ爪《づめ》であごをかくと、つかんだ枝《えだ》で勢いをつけて、ぼくらの目の前にとび降《お》りてきた。そしてもう一度、にやりと笑うと頭を深々と下げた。

「ジュマ　ペール　パンテオン」

今度はフランス語だ。ぼくは一生懸命《いっしょうけんめい》、フランス語の授業を思い出そうとした。

「ええと、ジュマ　ペール　ダニエル」

ぼくはダニエルです、に「ごきげんいかが」と続けようとして言葉につまった。

「コマン……えっと、コマンタレ……」

「コマンタレヴ?」

助《たす》け舟《ぶね》を出してくれたのはガーゴイルで、しかも続きは英語で話しはじめた。

「ご機嫌《きげん》いかが、と言いたいのかな?　君はフランス語が得意ではないようだが」

「うまいほうじゃありません」

それは認《みと》めざるをえまい。

「では英語で話すことにいたそう。諸君《しょくん》らはドレイク博士の教え子か?」

「どうしてわかったんですか?」

驚《おどろ》いたぼくに、ガーゴイルが教えてくれた。

「ワイバーンに飛行法を教授《きょうじゅ》しているのを見れば、そうと知れよう。一人はドラゴン語をよくしていたが、もう一人は苦労していた様子だった」

ぼくたちがジャマールといたところを見られていたのだ。

「緊急《きんきゅう》の知らせがある。ドレイク博士に今すぐに会わねばならないが」

「ドレイク博士は、今はロンドンですよ」

「ではマドモアゼル・ガメイと話すといたそう。私の住むパリで博士から気をつけるようにと言われていた二人の人間のうちの一人、イグネイシャス・クルックが現れたのだ。もう一人のアレクサンドラ・ゴリニチカは見ておらん」

ぼくは思わず息をのんだ。

「やっぱりイグネイシャスは、生きていたんだね！」

ぼくとパンテオンが城《しろ》の外で待っていると、ほどなくダーシーに呼《よ》ばれたガメイさんが不安げな顔をして現れた。ベアトリスも一緒《いっしょ》だ。

「イグネイシャスが生きていたってさ」

そっとベアトリスにささやくと、目が驚《おどろ》きで大きくなった。

パンテオンがガメイさんにお辞儀《じぎ》した。

「弟御《おとうとご》は元気でおられる。姉上様にもお元気で、と伝言を預かった」

ほっとした様子のガメイさんに、ガーゴイルはたたみかけるように言った。

「だが、それ以外の状況《じょうきょう》はよろしくない。４日前、イグネイシャス・クルックがアレクサンドラ・ゴリニチカを探《さが》してパリに現れた。私はイグネイシャスにパリを出ていくように言った。ゴリニチカは今、パリにはおらんのだ」

「ゴリニチカはパリにはもどらないでしょう。あんな騒《さわ》ぎを起こしたあとではね」

そう言ったガメイさんに、パンテオンは首をふった。

「だが、ゴリニチカには以前にはなかった絶大《ぜつだい》な影響力《えいきょうりょく》がある。知っての通り、パリのガーゴイルをめぐる環境《かんきょう》は悪化する一方だ。街は大きくなりすぎた上、今ではどこも排気《はいき》ガスと騒音《そうおん》だらけだ。目は痛《いた》むし、耳鳴りも止まらん。多くの若《わか》いガーゴイルはこの状況《じょうきょう》にいらだっておる。ゴリニチカがパリに来てからというもの、若い者は年長者の言うことを聞かなくなった。それもあの女が若者どもの頭にくだらん考えを植えつけたせいだ」

「ゴリニチカは何を言ったんですか？」

ぼくはパンテオンにたずねた。

「若いガーゴイルに、パリの街をくれてやると言ったのだよ。そもそも、パリの街は我《われ》らガーゴイルのものだというのに！　ゴリニチカは、パリから人間を一掃《いっそう》する日が来ると言うのだ」

ガメイさんが我にかえったように、パンテオンに言った。

「こんな重大な話を、子どもたちの前でするべきではありませんわ」

「いやいや」と、パンテオンは再び首をふった。

「この子らはドラゴン学を学んでいるのであろう。なれば、何が起こっているのかを知っておいたほうがよい。もしゴリニチカのもくろみが現実になれば、生き残った世界中のドラゴンは一体残らず、彼女《かのじょ》の支配下に置かれることになる。そうなれば、研究対象となる野生のドラゴンはいなくなり、ドラゴン学も無用となろう」

「ゴリニチカが何をするというんですか?」と、ぼくはきいた。

「ゴリニチカは人になれず、思い通りにできない野生のドラゴンを皆殺《みなごろ》しにしようとしているのだ。我らガーゴイルは古い種族だ。多くのことを識《し》り、多くのことを見てきた。恐《おそ》れるものとて何もない。だがアレクサンドラ・ゴリニチカは野生のドラゴンを皆殺しにできる力を持っている。そして古き血を持つ、パリのガーゴイルの長《おさ》たるこの私、パンテオンですら、彼女には畏怖《いふ》を覚えているのだ」

第3章　新入生がやってきた

どんなたぐいの火であろうとも、できる限りの努力をもって子どもから遠ざけておくべきである。

――人間の育て方『リベル・ドラコニス』より

パンテオンは最後にもう一度お辞儀《じぎ》をすると、走りながら翼《つばさ》を打った。たちまちパンテオンは空高く舞《ま》いあがり、パリをめざして飛び去った。ガメイさんは、ドレイク博士に電報を打つために近くの町へ出かけていった。

「アレクサンドラ・ゴリニチカは私たちが考えていたよりも、ずっと恐《おそ》ろしいことを考えていたってわけね」と、ベアトリスがため息をついた。

「うん、そうなんだよ。S《エス》.A《エイ》.S《エス》.D《ディー》.の宝物《たからもの》を盗《ぬす》みたいだけなのかと思っていたけど、それ以上の目的があったんだ。パンテオンは本当に怖《こわ》がっているようだった」

「パリのガーゴイルたちに、いったい何が起こっているのかしら」

「ドレイク博士が教えてくれるよ」

でも、その夜ロンドンからもどってきたドレイク博士は、帰ってくるや書斎《しょさい》に直行して、ガメイさんと一晩《ひとばん》中話し合っていた。そしてぼくらが起きる頃《ころ》にはもう、ロンドンへ発《た》ってしまったあとだった。あとに残ったガメイさんも、子どもが心配することではないと詳《くわ》しいことは教えてくれなかったので、パリの状況《じょうきょう》についてぼくらが知るには、もう数日待たなければならなかった。

土曜日の朝、1台の馬車がドレイク城《じょう》にやってくるまで、ぼくらは博士が城《しろ》に帰っていたことに気づいていなかった。馬車から降《お》りてきたのは、ドラゴン大臣のチディングフォールド男爵《だんしゃく》と、大臣の秘書《ひしょ》であるティブスさん、それにベアトリスと同い年ぐらいの一人の女の子だった。女の子は褐色《かっしょく》の肌《はだ》をしていて、大きな麦わら帽子《ぼうし》から三つ編《あ》みが下がっている。膝《ひざ》までの青い長靴下《ながくつした》に重そうな長靴をはいている。ドレイク博士が玄関《げんかん》まで一行を出迎《でむか》えに現れた。

「ようこそいらっしゃいました、大臣。そしてティブスさん……」

チディングフォールド男爵《だんしゃく》はくちびるをギュッと固く結んだまま、博士と握手《あくしゅ》をした。しかめっ面《つら》のティブスさんが口を開いた。

「ジャイサルメールからは何の知らせも？」

「今のところ、まだパリのパンテオンからも、続報はありません」

ドレイク博士はそう答えると、麦わら帽子の女の子に向かって両手を広げた。

「ニーア、ドレイク城《じょう》へようこそ！　テキサスからは遠かっただろうと思うが、来てくれて本当にうれしいよ」

そこで博士はぼくとベアトリスを呼《よ》んだ。

「アメリカから来たニーア・ヘイズを紹介《しょうかい》しよう。ニーアのお父さんは、君たちのご両親の仕事を引き継《つ》ぐために、ジャイサルメールに行ったのだ。お父さんがジャイサルメールで仕事をしている間、ニーアは我々《われわれ》とここで一緒《いっしょ》に暮《く》らすのだよ」

ベアトリスとぼくは順番にニーアと握手をした。ニーアは女の子にしてはなかなかの握力《あくりょく》で、握《にぎ》った手を何回も勢いよく上下にふった。

「会えて本当にうれしいわ。だって今までに、ドラゴンについて勉強している他《ほか》の子どもに会ったことがないんだもの」

「あなたもドラゴン学を勉強しているのね？」と、ベアトリスがきいた。

「もちろんよ！　もう思い出せないくらい、ずっと小さい頃《ころ》からね。父さんがテキサスにある牧場で、親を亡《な》くしたドラゴンの孤児院《こじいん》をやっているの。私はアメリカアンフィテールを５体、卵《たまご》から育てたことがあるわ」

「ぼくらはちょうど今、ヨーロッパドラゴンの赤ちゃんを育てているんだよ」

ぼくはそこまで言って、つけ加えた。

「正確にはベアトリスが、だけどね。生まれたばかりのとき、水につけたせいで、ぼくを近よらせてもくれないんだ」

ニーアがぼくに、にっこりとほほえんで言った。

「私だったら、そんなまねはさせない。父さんがいつも言っていることだけど、ドラゴンの赤《あか》ん坊《ぼう》にいやがられようが、必要なことは必要なの。それも愛情だって、じきにドラゴンにもわかるわ。もう名前はつけた？」

「それがまだなの。ドレイク博士は、何かやったことから名前をつけるべきだっておっしゃるんだけど、まだ食べるか寝《ね》るかぐらいで、大したことをやっていないから。ドレイク博士の懐中《かいちゅう》時計を盗《ぬす》んだぐらいね」

「あの小さいドラゴンはまだ寝《ね》ているだろうが、世話をしている君たちがよければ一緒《いっしょ》に行って、そっと様子を見てきなさい」

ドレイク博士はそう言うと、ぼくとベアトリスに大きく笑いかけた。

「喜んでお見せするわ！　ついてきてちょうだい」

チディングフォールド男爵《だんしゃく》が口を開いた。

「ティブスと私は卵《たまご》からかえったドラゴンを見るために、はるばるロンドンから馬車を飛ばしてきたわけではないのだよ、ドレイク」

ドレイク博士は、静かに男爵を見つめ返して答えた。

「では、さっそく相談に入りましょう」

ドレイク博士が、男爵とティブスさんと一緒に玄関《げんかん》に消えると、ベアトリスはニーアに向き直って言った。

「チディングフォールド男爵はいつも難《むずか》しい顔をされているの。気にしないでね」

「男爵の気難しさより、秘書《ひしょ》の方の不機嫌《ふきげん》が問題ね。ロンドンからずっとあの人が口をすぼめてたのは、きっと山ほどのレモンを召《め》しあがったせいに違《ちが》いないわ」

ニーアの痛烈《つうれつ》な皮肉《ひにく》に、ベアトリスは声をたてて笑った。

「じゃあ、私たちの赤ちゃんを見にいきましょう。あの子もダニエルについては、ちょっぴり気難《きむずか》しいところがあるけど」

腕《うで》を組んだ女の子たちの後ろについて、ぼくも一緒《いっしょ》に炭置き小屋へ向かった。どうかぼくの見ているところで、ベアトリスがニーアに餌《えさ》をやらせるようなことだけはしませんように。あれはぼくとベアトリスのドラゴンの赤ちゃんであって、ニーアは関係ない。ベアトリスは小屋の戸を静かに開くと、ニーアを招《まね》き入れた。ドラゴンはきらきらした巣の上で、前脚《まえあし》も後ろ脚も投げ出して眠《ねむ》っていた。

「なんて恐《おそ》ろしく、かわいい子なのかしら!」

ニーアの声がちょっとうるさく響《ひび》いたとき、ドラゴンが身震《みぶる》いをして目を覚ました。侵入者《しんにゅうしゃ》に気がついたドラゴンは、反射的《はんしゃてき》に前脚でお気に入りの宝《たから》を引きよせたが、ベアトリスもいることに気がつくと、うれしそうに立ちあがった。ベアトリスが抱いてニーアに見せたときも、おとなしいものだった。でもニーアが顔をのぞきこむと、先が割《わ》れた舌をつき出した。

ニーアは叱《しか》るように、指を立てて見せた。

「女性に対するマナーがなってないわね」

ニーアはドラゴンの顔に浮《う》かんだ困《こま》ったような表情を見て笑うと、手をのばしてドラゴンの背中《せなか》を背骨《せぼね》に沿《そ》ってなでた。ドラゴンはなでられるのが気持ちいいらしく、背中を弓なりにしてニーアの手に押《お》しつけると、頭としっぽを震わせた。

「まだうろこがやわらかいのね。アンフィテールの仔《こ》の尾羽《おばね》よりもやわらかいわ」

「うろこが固くなるには、まだ数週間かかるって博士が言ってたわ。でも成長の度合が速いから、たぶん2、3日中には最初の脱皮《だっぴ》をするでしょう」

ぼくもベアトリスに続けた。

「最初のうろこはまだ耐炎性《たいえんせい》じゃないだろうけど、ドレイク博士は取っておくようにって。次の野外調査用に耐炎性《たいえんせい》の手袋《てぶくろ》を作るのに使えるかもしれないからね」

「この子のうろこで手袋を作るのはいいと思うわ」と、ニーアが言った。

「去年の私の誕生日《たんじょうび》に、父さんがメキシコアンフィテールのうろこで作った耐炎性の手袋をくれたの。持ってきたから、あとで見せてあげるわね」

ニーアはドラゴンについてよく知っているように見える。でも、ベアトリスが時々やるようなひけらかしは、あまりしないでくれるといいなと思った。

「赤《あか》ん坊《ぼう》はよくおなかをすかせるでしょ?」とニーアがたずねた。

「すごい量を食べるけど、4日か5日に一度食べるだけなのよ。遊ぶのも大好きなんだけど、今はちょっと眠《ねむ》いみたいね」

ベアトリスの答えに、ニーアが言った。

「赤ん坊はみんな遊ぶのが大好きよ！　ヨーロッパドラゴンも、アメリカアンフィテールも大して違《ちが》わないみたいね。あなたはドラゴンの保育者の道を正しく歩いていると思うわ、ベアトリス。父さんが言うには、生まれながらにドラゴンの世話ができる人がいる一方で、さっぱりできない人もいるんですって」

きっとぼくの気分が顔に出ていたに違《ちが》いない。ニーアはすぐにつけ加えた。

「ごめんなさい、ダニエル、あなたのことを言ったわけじゃないのよ。赤ん坊をなつかせるために、何か欲《ほ》しがるものを見せてみた？」

「ぼくもそれを考えていたところさ」

ベアトリスが何かを言いかけたが、腕《うで》の中の赤ん坊が大きなあくびをしたので、何も言わずに口を閉《と》じた。ニーアがドラゴンを見て目を細める。

「この子、眠くてたまらないんだわ。もう寝《ね》かせてあげなきゃ」

ドラゴンをおろして小屋から出ていこうとしたベアトリスに、ぼくは声をかけた。

「ぼくはちょっと残るよ」

ぼくはドラゴンからは見えないように背《せ》を向けて、ポケットから取り出したコインをベアトリスに見せた。

「これで試《ため》してみようと思うんだ」

「うまくいくといいわね。でも、ドラゴンを怖《こわ》がらせないように注意してね」

ベアトリスはそう言うと、ニーアと一緒《いっしょ》に出ていった。小屋にドラゴンとぼくだけになると、ぼくはコインをポケットへもどした。ドラゴンは眠《ねむ》っているふりをしているだけで、本当はこっちを見ている。宝物《たからもの》を盗《ぬす》まれないように見張っているのだ。ぼくは別のポケットから、火打石と黄鉄鉱《おうてっこう》のかけらを取り出した。

「見てごらん」

ドラゴンにはまだ話していることはわからないだろうと思いつつ、小さい声で呼《よ》びかけた。ドラゴンは頭を片側《かたがわ》にかしげて、じっと石を見ている。

「いつか君もこんなことができるようになるんだよ」

ぼくが火打石を打ち合わせると、まぶしい火花が散った。

ドラゴンが立ちあがった。好奇心《こうきしん》で目をらんらんとさせている。ぼくはまた石を打ち合わせた。ドラゴンがゆっくりとぼくのほうへやってくる。やったぞ！

ぼくは心の中で叫《さけ》んだ。ドラゴンは小走りになり、ついにはぼくのまわりをぐるぐると走りだした。時々じゃれつくようにとびあがって石を取ろうとするけど、全然届《とど》かない。

「火を吐《は》くにはまだ早いよ。もうちょっと大きくなったら、君も自分の石を持てるから」

ドラゴンは火打石から片時《かたとき》も目を離《はな》さなかったが、ぼくが火打石をポケットにしまうと、あきらめたように巣のてっぺんへもどっていった。

「次はごはんのときに来るよ。おまえが一番好きなのは、だれになったのかな？」

ばかなことをしたとはわかっていたけど、気にならなかった。扉《とびら》のほうへ行きかけたとき、ドラゴンが巣から降《お》りてきて、ベアトリスにしたみたいにぼくの足に体をこすりつけた。やっと、ぼくのことを好きになってくれたんだ！

ベアトリスとニーアが小屋の外で待っていた。

「あの子を怖《こわ》がらせたりしなかったでしょうね？」

ベアトリスの声には、疑《うたが》うような響《ひび》きがあった。その気になれば、ぼくの痛《いた》いところをぐっさり刺《さ》すことなんか、ベアトリスには朝飯前だ。

「怖がらせてなんかいないったら」

ぼくもむきになって言い返した。そんなぼくにベアトリスは「今日のあなた、へんよ」と言うと、さっさとニーアのほうへ向き直った。

「ナッカーは見たことある？　この森に1体いるのよ。名前はウィーゼルっていうの。あまり賢《かしこ》いほうじゃないんだけれど、見つけやすいの。行ってみない？」

「すごく見たいわ。それじゃ歩きながら、フロストドラゴンを探してカナダへ行ったときのことを話すわね」

ニーアが話しはじめたそのとき、炭置き小屋の中から何かを力まかせにたたいてるような騒々《そうぞう》しい音がした。急いで小屋へもどったが、ぼくらがたどり着く前に音はやんでいた。窓《まど》から小屋の中をのぞくと、ドラゴンは巣の上で丸くなっていて、何も変わったところはない。

「本当に、ドラゴンを怖がらせたりしなかったんでしょうね」

ベアトリスは完全にぼくを疑ってかかっている。

「そんなことしてないよ」

そう言い返したとき、小屋の中から盛大《せいだい》なしゃっくりが聞こえてきた。

「何か変なものを食べさせたんじゃないでしょうね？　もしばかなことをしてたら、ただじゃおかないから」

「何もしてないって言ってるじゃないか！」

ぼくはベアトリスに怒鳴《どな》り返した。

「何度言えばいいのさ！　ウィーゼルをニーアに見せたければ、行ったらいいさ。ぼくは帰るよ。またばかなことをしでかすかもしれないからね！」

ぼくはベアトリスとニーアをそこに残したまま、一人で走って帰った。

第4章　最悪の火事

ドラゴンを飼育しているとき、もし不穏《ふおん》な様子が見えた場合には、火と爪《つめ》をもって阻止《そし》すべし。

——我《われ》らがうろこなき友についての覚え書き
人間学『リベル・ドラコニス』より

ドレイク城《じょう》の庭まで走ってきたとき、ぼくの耳に言い争う声がとびこんできた。チディングフォールド男爵《だんしゃく》と秘書《ひしょ》のティブスさん、それにドレイク博士が議《ぎ》論《ろん》の真っ最中で、ぼくは博士の部屋の窓《まど》の下に座《すわ》りこんだ。

「イギリスにいて、イギリスのドラゴンを保護《ほご》して守ることが、イギリスのドラゴン・マスターたるあなたの職分《しょくぶん》なのであって、世界中のドラゴンの救世主よろしく、あちこちをふらふらするなど、あってはならんのです」と、ティブスさん。

今度はチディングフォールド男爵《だんしゃく》だ。

「思いあがった何体かのガーゴイルについては、ガメイ氏とフランスのドラゴン・マスターがなんとかするだろう。マハラワルがジャイサルメールで抱《かか》えている問題は、すでにイギリスからは2度も救援《きゅうえん》を送っているのだから、あとはあちらで片《かた》づけていただきたい。ナーガの間に広まっている伝染病《でんせんびょう》は今のところ、生命の危機《きき》には至《いた》るものではないと君も言っていたではないか」

「ですが、それらの問題が互《たが》いに裏《うら》でつながっていることを、おわかりいただきたいのです」とドレイク博士が言った。

「我々《われわれ》はクック夫妻を派遣《はけん》しましたが、ナーガの伝染病《でんせんびょう》の詳細《しょうさい》についてはまだよくわかっておらず、病気はさらに広がっております。そして、この事態をひき起こしたのは、どうやらアレクサンドラ・ゴリニチカらしいという報告もあります。北イ

ンドに生息するナーガを悩《なや》ませている病気については追って明らかにされるでしょうが、彼女《かのじょ》はパリでも騒動《そうどう》を起こそうとしている。我々は彼女の企《くわだ》てを阻止《そし》する必要があるのです」

「これだけ長い間、打つ手がないまま病気が広がっているにもかかわらず、1体のナーガも病気で死んでおらん以上、大した脅威《きょうい》とは思えんな」

チディングフォールド男爵に続けて、ティブスさんも言った。

「確証がない段階《だんかい》では我々は何も信じる

わけにはいかない。ロシア女はただのつまらんコソ泥《どろ》だったという話のほうがありえる。じきに逮捕《たいほ》されるだろうが」

今度はドレイク博士が反論《はんろん》した。

「たしかに、ゴリニチカは泥棒《どろぼう》です。だが彼女《かのじょ》が危険《きけん》な存在《そんざい》であることはご承知いただかないと困《こま》ります。ゴリニチカがフランスのドラゴン学協会に現れたとき、ベルナルド・ガメイが作った調査書はお読みになりましたか。

アレクサンドラ・ゴリニチカはシベリアの貴族《きぞく》の出で、代々ドラゴンを守ってきた家系《かけい》でした。ところが彼女がまだ幼《おさな》いとき、野生のドラゴンの群れが彼女の家族を皆殺《みなごろ》しにする事件が起きたのです。それ以来、ゴリニチカは野生のドラゴンを憎《にく》み、その復讐《ふくしゅう》としてすべてのドラゴンを従《したが》わせようとしているのです」

「そして、彼女に従わないドラゴンをすべて抹殺《まっさつ》しようとしているのだったかな。我々《われわれ》もその調査書は読んでおるが、それは、パリのガーゴイルの騒乱《そうらん》や、いわんやナーガの伝染病《でんせんびょう》がゴリニチカのせいだという証拠《しょうこ》にはならんだろう！」

声を荒《あら》げたティブスさんに、博士はくいさがった。

「では、その他の報告についてはどうですか。パリを騒《さわ》がす若《わか》いガーゴイルの反乱は別としても、通常は北へ渡《わた》るフロストドラゴンが、南へ飛ぶのが目撃《もくげき》されたのは？黒いヨーロッパドラゴンの大群が昼日中《ひるひなか》、東へ向かうのが見られたというのは？我々が見落としている何か重大なことがあるに違《ちが》いないんです。ナーガを苦しめている伝染病が、中国の龍《ロン》にも広がっているといいます。私はことの真偽《しんぎ》について、知性あるドラゴンたちに調べてもらうようにパンテオンに頼《たの》みました」

「それでいい。君が動く必要はないのだよ、ドレイク」

チディングフォールド男爵《だんしゃく》が続けた。

「ガーゴイルの騒動《そうどう》に関《かか》わるのは、イギリスのドラゴン・マスターとしてはふさわしくない。調査の結果、騒動はただのうわさだったとわかるだろうがね」

「そう希望するとしましょう、閣下《かっか》」と、ティブスさんが答えた。「ドレイク、忘《わす》れないでほしいのは、S.A.S.D.《エスエイエスディー》はドラゴンの存在《そんざい》を世間から隠《かく》すためにあるということだよ。首相もS.A.S.D.の12の宝物《たからもの》のうち、3つが盗《ぬす》まれては将来困《しょうらいこま》ったことにならないかと、いたく心配しておいでだ。3つの宝物を取りもどすことが最重要だが、この件の担当《たんとう》はエメリー・クロスくんであって君ではない」

「ティブスくんの言う通りだ」と、チディングフォールド男爵《だんしゃく》が引き取った。

「ナーガの伝染病《でんせんびょう》が世界的な危機《きき》にならんうちは、君がイギリスを離《はな》れることはまかりならん。ただし、ワイバーンの件は別だ。あれをアフリカへもどすことは何よりも重要だ。あれが逃《に》げ出すたびに、私は気をもまされるのだ」

「お言葉ですが大臣、私はもう一度お考えいただけるように申し上げ……」

ドレイク博士の声は、突然《とつぜん》起こった爆発音《ばくはつおん》でかき消された。ぼくも飛びあがった。音は城《しろ》の反対側から聞こえてきた。城の角を走って曲がると、炭置き小屋が炎《ほのお》に包まれているのが見えた。はっとしてポケットを探《さぐ》ってみると、やっぱり火打石と黄鉄鉱《おうてっこう》がない。ぼくの足に体をこすりつけたとき、ドラゴンが盗《と》ったんだ。屋根から炎が巻《ま》きあがり、扉《とびら》の下からは煙《けむり》が吹《ふ》きだしている。そして、小屋の扉に内側から何かが体当たりをくり返す音がする。ドラゴンの赤ちゃんが中に閉《と》じこめられたままなのだ！

「大変だ！　炭置き小屋が、たいまつみたいに燃えてる！」

城からドレイク博士がとび出してきた。小屋へ駆《か》けつけて扉の把手《とって》を握《にぎ》ったが、炎でかんかんに熱くなっていたのですぐに手を離《はな》した。ベアトリスとニーア、それにダーシーも森のほうから芝生《しばふ》を走ってくる。

「ドラゴンの赤ちゃんがまだ中にいるの？　すぐに外に出してやらないと！」

ベアトリスが叫《さけ》んだとき、ガメイさんの大きな声がした。

「そこをどいて！」

ガメイさんは、水でいっぱいの鍋《なべ》を持ってぼくらの横をよたよたと走っていき、小屋に向かって水をぶちまけた。

「よし、池の水で火を消そう」と、ドレイク博士がきびきびと指示を出した。「ダニエル、君は私の書斎《しょさい》に行って、耐炎性手袋《たいえんせいてぶくろ》と耐炎性マントを取ってきてくれ。他《ほか》の人は池からのバケツリレーだ！」

急いで水を入れる容器を見つけると、みんなで池からバケツリレーを始めた。水をくむのはガメイさんで、次がチディングフォールド男爵《だんしゃく》、ティブスさんと続き、水を力いっぱい小屋へかける役をニーアとベアトリスが引き受けた。空っぽになった容器をダーシーが集めて、ガメイさんのところへもどしにいく。ぼくが全速力で手袋とマントを見つけて火事場にもどると、ドレイク博士が言った。

「耐炎性マントを私によこして、君は手袋をはめなさい」

ぼくが手袋をはめている間に、博士はかぶっていた帽子《ぼうし》を脱《ぬ》ぎすてて、耐炎性マントの両端《りょうはし》を両手に持って大きく広げた。

そして小屋の戸の前に膝《ひざ》をついて構えると、ニーアに言った。

「ダニエルが小屋の扉《とびら》を開けたら、水を小屋の中に向かってかけなさい。赤《あか》ん坊《ぼう》がとび出してきたら捕《つか》まえるが、もし私が捕まえそこなったとしても、君たちは絶対に触《さわ》ってはならん。君たちが燃えることになる」

ぼくはぎりぎりのところまで小屋の扉に近づき、ドレイク博士の合図を待った。

「ダニエル、今だ！」

把手《とって》をもぎとる勢いで扉を開けると、ニーアとベアトリスが二人して小屋の中に水をぶちまけた。そのとたん、怯《おび》えきったドラゴンの赤ちゃんが炎《ほのお》をくぐり抜《ぬ》けてとび出してきて、ドレイク博士の足の間をすり抜けようとした。博士はすばやくかがみこむと、ドラゴンを捕まえてくれた。じたばたしていたドラゴンがマントに包まれておとなしくなると、博士はぼくを呼《よ》んだ。

「池にドボンとやって、赤《あか》ん坊《ぼう》の体温を下げてやってくれ」

ドラゴンの赤ちゃんがいやがることをまたぼくがやらなきゃいけないなんて、おもしろくない！　でも、他《ほか》のみんなはまだ消火活動にいそがしく、だれも手があいていないのだ。

池ではじめてマントから出し、手袋《てぶくろ》をした手で慎重《しんちょう》に抱《だ》きあげた。抱きあげたまま池の中に入っていくと、ドラゴンは翼《つばさ》をバタバタさせるわ、後ろ脚《あし》で蹴《け》るわと力の限りに暴れたが、ぼくは放さなかった。がっちりつかんだままドラゴンを水に沈《しず》めると、たちまち池の水面に水蒸気《すいじょうき》の雲が広がった。水の中のドラゴンの鼻からは、泡《あわ》が二筋《ふたすじ》ぶくぶくとあがっている。ぼくが手を離《はな》すと、ドラゴンは水しぶきを立てて池をとび出していった。

ずぶぬれになった靴《くつ》を鳴らして池からもどると火は消えていたが、小屋はめちゃめちゃだった。壁《かべ》は黒焦《くろこ》げで煤《すす》だらけ、置いてあった炭はほとんどが燃え尽《つ》きていたけれど、まだいくつか燻《くすぶ》ってオレンジ色に光っている。ドラゴンの巣山はほとんどが金属製のものだったので、少し黒ずんだぐらいですんだ。

「かわいそうにね」

びしょぬれになったドラゴンを見てベアトリスが言った。

「でもいったい、どうしてこんなことになったのかしら」

まさにそのとき、ドラゴンは口を大きく開け、長く薄《うす》青い炎《ほのお》を吹《ふ》き出した。

「この小悪魔《こあくま》め！　もう火が吐《は》けるというのか」

チディングフォールド男爵《だんしゃく》の声に、ドレイク博士がなぜかぼくを見た。みんなの目がぼくに集まる。ぼくは小さな声で告白した。

「ドラゴンの赤ちゃんは、ぼくのポケットから火打石と黄鉄鉱《おうてっこう》を盗《と》ったんです」

「盗ったとしても、あなたがそれを持っているって、なぜ知っていたの」

ベアトリスの追及《ついきゅう》に、耳が燃えるように熱くなった。

「石を打って火花が出るところを、ちょっとだけ見せてやったんだ」

ドレイク博士が静かに言った。

「規則に背《そむ》いている上に、ドラゴン学者としての常識にも反する」

「厳《きび》しい罰《ばつ》が下されなくてはならん」と、チディングフォールド男爵《だんしゃく》も言った。

ベアトリスの問いただすような視線《しせん》に、ぼくは顔をあげられなかった。今度こそS.A.S.D.《エスエイエスディー》から追い出されるんだ。そのときドラゴンが立ちあがると、ぼくのほうへよたよたとやってきた。ぼくの足にぐいぐいと体をこすりつけて、ぼくを見あげている。ごめんよ、今は遊んでやれない。でも、一人は友だちが残ったってことかな。

「ねえ、今ならこのドラゴンに名前がつけられるんじゃない？」

出《だ》し抜《ぬ》けに言い出したニーアを、みんなが見つめた。

「ダニエルが『小屋がたいまつ《トーチ》みたいに燃えてる』って言ってたじゃない？　この

子のお兄さんがスコーチャー（『焦《こ》がし屋』）だったんなら、弟はトーチャー（『たいまつ小僧《こぞう》』）に決まりよ」

　ベアトリスが皮肉まじりに答えた。

「そうね、トーチャーはぴったりの名前だと思うわ。名前を呼《よ》ぶたびに、どうして

そう呼ばれることになったのか、いつも思い出せるわね、ダニエル」

　ぴったりだとは思ったけど、ぼくは何も言わなかった。ただ、博士から除名《じょめい》の宣《せん》

告《こく》が下されるのを待っていた。そのとき、城《しろ》の玄関《げんかん》ベルがけたたましく鳴った。

「もしもーし、だれかいませんか！　ドレイク博士に電報をお届《とど》けにきました！」

　少年が叫《さけ》んでいる。

　チディングフォールド男爵とティブスさんが目と目を見かわした。

「君の処遇《しょぐう》については、またあとで考えるとしよう、ダニエル」

　ドレイク博士はそう言うと、玄関に向かって角を曲がった。でも、電報を手にす

ぐもどってきた博士の表情から、それがひどく悪い知らせなのだとわかった。

「それは何だね。ジャイサルメールからの知らせか？」

「そうです」

博士はティブスさんに電報をさしだした。ティブスさんの横から電報をのぞきこんでいたチディングフォールド男爵《だんしゃく》の目が、驚《おどろ》きで大きく見開かれた。

ぼくはなぜか口の中がカラカラになるのを感じた。ドレイク博士がぼくらにも電報を見せてくれた。それはジャイサルメールのマハラワルからだった。

ナーガノ　ヤマイハ　シニイタル
スベテノ　ドラゴンニ　ハメツノキキ　セマル
クックフサイハ　ユクエフメイ
スグ　コラレタシ

第5章　ドレイク博士、インドへ

ホノリフィク・アビリトゥディニ・タティーブス（ラテン語）／尊敬《そんけい》を受けるに値《あたい》する資質。または、ドラゴン・エクスプレスの気高いドラゴンたちが有する気質のこと。

——語彙集《ごいしゅう》『リベル・ドラコニス』より

「二人のイギリス人ドラゴン学者が行方《ゆくえ》不明になったのですぞ。これが『世界的な危機《きき》』でなくて何でしょうか。私は二人を探《さが》しに、ただちにインドへ参ります」

ドレイク博士がチディングフォールド男爵《だんしゃく》とティブスさんに向き直った。

「でも今すぐ出発しても、4週間はかかります」と、ベアトリスは心配そうだ。

「いや、『ドラゴン・エクスプレス』なら、ずっと早く着くはずだ」

今すぐにでも出かけそうなドレイク博士に、ティブスさんがあわてて言った。

「待ちたまえ、ドレイク。あれはこの150年間、だれも使っておらんのだぞ」

「そうであったとしても、私はドラゴン・エクスプレスで参ります」

ドレイク博士の言葉に、意志の固さを見て取ったチディングフォールド男爵《だんしゃく》が苦々しげに口を開いた。

「ドレイク、私は賛成はせんが、今の君を説得するのは無駄《むだ》だろう。今回は止めだてしないが、必ず無事に帰ってくると約束してくれ」

ドレイク博士がうなずくと、男爵はかたわらのティブスさんに言った。

「ただちにロンドンへもどって首相に報告せねば。お喜びにはならんと思うがな」

チディングフォールド男爵とティブスさんの馬車を見送ると、博士はベアトリスとニーアの二人に言った。

「二人でトーチャーの面倒《めんどう》を見ていなさい。その間にダニエルが小屋の片《かた》づけをはじめられるだろうから」

そしてぼくのほうを向くと、重々しい声で言った。

「着替《きが》えてから、燃えるものはすべて小屋の中から運び出しなさい」

博士はそう言って城《しろ》へもどっていったが、きびすを返す直前、いたずらっぽく片《かた》目《め》をつぶってみせたのをぼくは見た。どうやら、今回は追い出されずにすんだらしい。ほっとしたら、ぽろりと言葉がこぼれた。

「トーチャーをこんな目にあわせて、本当にごめん」

ぼくが謝《あやま》ると、ベアトリスが静かに言った。

「トーチャーのことはもう、心配しなくてもいいわ。今は、お父さんたちのことのほうが心配だわ」

「博士は見つけてくれると思う?」

「あたりまえでしょ」と言ったものの、ベアトリスの声はどこか自信なさげだった。

ぼくが濡《ぬ》れたズボンと靴下《くつした》を急いで着替《きが》えて、城《しろ》の外にとび出すと、ベアトリスとニーアがトーチャーを追いまわしていた。トーチャーがくわえているものを取りあげようとしているらしい。ベアトリスが息を切らしながら教えてくれた。

「ティブスさんの懐中《かいちゅう》時計をトーチャーが盗《と》っちゃったみたいなの。気づいたら、あの人きっとカンカンよ。文字盤《もじばん》のワイバーンの絵がへこんじゃってるわ……」

そのとき、ドレイク博士が城から出てきた。右手にステッキ、小さなかばんを肩《かた》から下げ、左手にはすばらしいドラゴン用の鞍《くら》を提《さ》げている。博士は芝生《しばふ》の真ん中でドラゴンを呼《よ》ぶ笛「ドラゴンの呼び笛」を取り出した。博士が呼び笛を3回強く、短く吹き鳴らすと、まずトーチャーがティブスさんの懐中時計を放り出して、博士の足元に走りよった。セント・レオナードの森からは、ジャマールとウィーゼルの頭がのぞいた。呼び笛にひかれて出てきたらしい。ガメイさんは手際《てぎわ》よくジャマールを森の奥《おく》へ連れていきながら、ウィーゼルにも何回か大きな声をかけただけで追い返してしまった。森の入口で、ガメイさんはふり返った。

「いってらっしゃい、博士。どうかお気をつけて」

「大丈夫《だいじょうぶ》ですよ、ガメイさん。できるだけ早くもどって来るつもりです」

　博士はそう言うと、今度はぼくらを見た。

「君たちのご両親を見つけるために、どんなことでもするつもりだ。少し時間がかかるかもしれないが、その間、君たちにはトーチャーの面倒《めんどう》を見ていてほしい。そしてニーアがここに早く慣れるように助けてやってくれたまえ」

　ガメイさんの後ろ姿《すがた》を見送りながら、博士はため息をついた。

「気がかりなのは、ジャマールだ。アフリカに帰るべき時が近い。だが心配はいらないよ。パンテオンが用意をしてくれているし、いつ何をすればいいかも調整ずみだ。私からもドラゴンの情報網《じょうほうもう》を使ってパンテオンと連絡《れんらく》を取るから、何か新しい知らせがあれば、パンテオンが君たちのところへ直接来るだろう」

「パンテオンって、初めて聞く名前だけど？」と、ニーアが小声でたずねた。

「パンテオンはパリに棲《す》むガーゴイルだよ」と教えると、ニーアは興味津々《きょうみしんしん》だ。

ドレイク博士は、期待をこめて空を見渡《みわた》している。ぼくらも一緒《いっしょ》に空を見あげて待った。少しすると、空のかなり高いところにぽつんと緑色の小さな点が現れた。降《お》りてくるにしたがって点はどんどん大きくなり、芝地《しばち》に降り立ったときには、巨《きょ》大《だい》なヨーロッパドラゴンになった。その大きさといったら、うろこに覆《おお》われた角《つの》のある頭は、高々とそびえる周囲の木のてっぺんと同じぐらいのところにあった。

このドラゴンの名前はイドリギアという。ぼくとベアトリスはS《エス》.A《エイ》.S《エス》.D《ディー》.の宝《たから》物《もの》の一つ、伝説の宝石《ほうせき》「ドラゴン・アイ」を探《さが》す冒険《ぼうけん》で、イドリギアの背中《せなか》に乗せてもらったことがある。ぼくらに気づくと、イドリギアの大きな頭が降りてきた。

夕食に使う皿ほどに大きな目がぼくらを正面から見つめる。ベアトリスが用心のためにトーチャーを抱《だ》きあげると、イドリギアが口を開いた。

「また会えたな、子どもたち。その赤《あか》ん坊《ぼう》をおろしていてもかまわないよ」

ベアトリスがトーチャーを地面におろしたとたん、トーチャーはベアトリスの後ろに走りこんだ。イドリギアから隠《かく》れたつもりらしい。イドリギアがおもしろがるように、さらに頭を低くした。あごが地面につきそうだ。

「プルルルレイシク　ボヤールルルル」

イドリギアはトーチャーにドラゴン語で挨拶《あいさつ》をした。トーチャーにイドリギアの言葉がわかったとは思えないけど、その目は驚《おどろ》きで丸くなっている。やがてベアトリスの後ろから出てくると、イドリギアに近づいてそっとにおいを嗅《か》いだ。イドリギアのほうもトーチャーを嗅ぎ返して言った。

「これはなかなか興味深い出会いだ。私が飛び立つときには、赤ん坊が風で吹《ふ》きとばされないよう、しっかり捕《つか》まえておくことだ」

助言にしたがって、ベアトリスはトーチャーを胸《むね》の前に抱《だ》きあげた。

「来てくれてうれしいよ、イドリギア」と、ドレイク博士が言った。

「申《もう》し訳《わけ》ないが、火急の用事でね。また乗せてもらえないだろうか」

「貸しになってもよければ乗せよう。だが長い間、なわばりを離《はな》れるわけにはいかない。どこまで飛べばいいのだ?」

「東へ。ドイツのハルツ山地にあるブロッケン山をめざしたいのだ」

「では東へ飛ぼう」

イドリギアと博士の話が決まると、あとはあっという間だった。

ドレイク博士はイドリギアの巨大《きょだい》なおなかの下に長い紐《ひも》を何本も渡《わた》して、ドラゴン用の鞍《くら》をイドリギアの背中《せなか》にしっかりと結びつけた。そしてかばんを鞍の前輪《まえわ》にしばりつけるとステッキを手に、ひらりとイドリギアの背にまたがった。

「いいかね、ニーアが落ちつけるように気をつけて。それから、ジャマールとトーチャーの世話もしっかり頼《たの》む。それとベアトリス、今回はダニエルも学習しただろうから、あまり責めないように」

博士はイドリギアの背から、ぼくらを見おろした。

「連絡《れんらく》ができるようになったら、すぐに知らせを送る。だがそれまでの間、あまり心配しないように。ご両親はきっと無事でいる。物事にはすべて理由があるはずなのだ。それでは諸君《しょくん》、いかなるときもドラゴン学者としての勉強を怠《おこた》らないように心がけなさい！」

そう言い残すと、博士は急上昇《きゅうじょうしょう》していくイドリギアの背に乗って、やがて見えなくなった。博士を見送っているときに、ふと疑問《ぎもん》がわいた。

「イドリギアがドイツまでしか飛ばないなら、どうやってインドまで行くの？」

ニーアが前にお父さんから聞いたという話をしてくれた。

「『ドラゴン・エクスプレス』は、ドラゴン学に精通したベテラン学者の移動手段《しゅだん》で、駅馬車みたいなものなの。違《ちが》いは乗り継《つ》ぐのが馬車じゃなくて、ドラゴンだってこと。ある地点まで1体のドラゴンに乗っていったら、着いた場所で次の地点まで飛んでくれるドラゴンを見つけて先へ行くの」

「ドラゴン・エクスプレスで行くと、インドまでどのくらいかかるのかしら」

「どこを通るかにもよるわね。南まわりで行ったほうが暖《あたた》かいけど、1週間かそれ以上かかるんじゃないかしら。まっすぐ向かえば、数日で着くでしょうけど」

「ドラゴン・エクスプレスのメンバーは、決まっているの？」

「そうよ。それに乗るには特別な合言葉がいるわ」

「君はそれ、知ってるの？」ときいたぼくに、ニーアは首をふった。

「父さんも知らないと思う。合言葉は後期ドラゴン学上級のドラゴン学者だけが知っているの。それにドラゴン・エクスプレスが使えるのは、ドラゴンが危機《きき》に直面したときだけよ。なわばりから離《はな》れるほど勝手はわからなくなるし、山脈を越《こ》えるときには、乗り手が呼吸《こきゅう》できなくなるから低く飛ばないといけないんだけど、その分目撃《もくげき》されやすくなるし。いろいろ危険《きけん》を冒《おか》さなきゃいけないから、ドラゴンにとっても最後の手段なのよ」

ぼくはニーアの話に、イドリギアに乗ってスコットランドからもどってきたときのことを思い出した。上空で感じた息苦しさは、空気が薄《うす》かったせいだったのだ。

焼けた炭置き小屋を片づけるのには数日かかった。小屋は石でできていたから焼けおちはしなかったけど、あちこちが真っ黒に焦《こ》げていた。トーチャーの黒くなってしまった宝物《たからもの》もきれいにして、煉瓦《れんが》の上に積み直してやった。ベアトリスがトーチャーの世話をしている間は、ニーアも片《かた》づけを手伝ってくれた。

ぼくもベアトリスも、お父さんたちのことが心配でたまらなかった。ドレイク博士がきっと見つけてくれるよね、と励ましあいながら、時間があれば庭に出てパンテオンが来ないかと空を見つめた。

その間もガメイさんとダーシーは、ジャマールの飛行訓練を続けていた。今ではジャマールもかなり遠くまで飛べるようになっていた。ニーアもドレイク城《じょう》での生活にすっかり慣れて、ジャマールの訓練を手伝ったりするようになった。

トーチャーはまだほとんどの時間を眠《ねむ》っているけど、一度起きるとなかなかやっかいだった。このドラゴンの赤《あか》ん坊《ぼう》はほしいと思った光るもの（きらきらするものなら、何でもけっこう!）を本当に上手《じょうず》に盗《ぬす》むのだ。たとえば、ぼくの日曜日の晴れ着のボタン、ニーアの麦わら帽子《ぼうし》についていたピン、そしてガメイさんのダイヤの耳飾《みみかざ》りも被害《ひがい》にあった。耳たぶにつけていた耳飾りを、ガメイさんに気づかれずにどうやって盗《と》ったのか、だれにもわからない。それからは、ぼくらももっと気をつけるようになったけど。ぼくにとって何よりもうれしかったのは、トーチャーがぼくの手から餌《えさ》を食べるようになったことだ。

こんなこともあった。ぼくらが庭でトーチャーを遊ばせているとき、突然《とつぜん》ウィーゼルが下生えの間から、ウサギを追いかけてとび出してきた。すると、遊びたいさかりのトーチャーが、ウィーゼルの後ろ脚《あし》のかかとに咬《か》みついたのだ。

「あんなまね、ジャマールにはしなきゃいいけど」

ベアトリスがため息をついた。

ある朝のこと、森からの帰り道を歩いていたぼくにベアトリスが駆《か》けよってきた。

「ニーアと一緒《いっしょ》に重大な発見をしたの！　早く来て！」

めんくらうぼくに構わず、ベアトリスは腕《うで》をむんずとつかんだ。

「来ればわかるから！」

ベアトリスはぼくを、ニーアとトーチャーのいる炭置き小屋に連れていった。

「ニーア、ダニエルに私たちの大発見を見せてあげて」

「きっとダニエルもやりたくなるわ」

ニーアはトーチャーをなではじめた。

「トーチャーったら、おなかをさわられるのが大好きなのよ」

ニーアがトーチャーのおなかをなでだすと、トーチャーは高い声をあげて、体をくねらせた。

「それでね、ここをくすぐると」と、ニーアがあごの下をくすぐると、トーチャーはとび起き、大きな音をたててしゃっくりをした。そのときだった。トーチャーが薄青《うすあお》い色の炎《ほのお》を吐《は》いたのだ！

「すごい、火を吐いた！」

「そうなの！　あごの下をくすぐると、火を吐くのよ」

ぼくがやっても、同じようにトーチャーは火を吐いた。つまりぼくたちは、いつ

でも好きなときにトーチャーに火を吐《は》かせることができるようになったのだ。

ついに待ちに待ったパンテオンがやってきた。その日、ぼくらはジャマールを見に森へ行っていた。中庭にもどってきたとき、はじめはドラゴンの石像が届《とど》いたのかと思った。その石像がぼくらのほうへ首をぐるりと回したとき、やっとそれがパンテオンであることに気がついたのだ。ガーゴイルが完璧《かんぺき》に石像に擬態《ぎたい》できることを、ぼくはその瞬間《しゅんかん》に理解した。

「プライシク　ボヤール、パンテオー！」

ぼくはパンテオンの名前もちゃんとドラゴン語読みにして呼《よ》びかけた。

「プルルルライシク　ホヤール」とパンテオンが返してきた。

「うわさのガーゴイルね。お目にかかれて、すさまじくうれしいわ！」

ニーアはそう言ってパンテオンの前脚《まえあし》のかぎ爪《づめ》を握《にぎ》ると、例の上下に激《はげ》しくふる握手《あくしゅ》をした。

「こちらこそ、ごじっこんに」とパンテオンも礼儀《れいぎ》正しく挨拶《あいさつ》を返した。

「もっと丁寧《ていねい》にご挨拶申し上げたいところだが、今はそんな時でないのが残念至《し》極《ごく》。大至急《だいしきゅう》、マドモアゼル・ガメイと話さなくてはならんのだ」

　ベアトリスがガメイさんを呼《よ》んでくると、パンテオンは話しはじめた。

「まず、ドレイク博士が無事にジャイサルメールに到着《とうちゃく》した由《よし》、報告が参った。ご両親については」と、パンテオンはぼくらを見てちょっと言葉を切って続けた。

「ご両親は生きていらっしゃるが、誘拐《ゆうかい》された可能性が非常に高い」

「お父さんたちを誘拐なんて、いったいだれがそんなことを！」

「博士はゴリニチカが糸を引いているとにらんでおる。君たちのご両親だけではなく、ここ2週間ほどでドラゴン学者が次々と姿《すがた》を消しているのだ」

　ぼくは思わず口を開いた。

「ゴリニチカの目的《もくてき》は何ですか」

「それはまだわからん」と、パンテオンが言った。

「だが、ドレイク博士が手を尽《つ》くし、必ず救出するに違《ちが》いあるまい」

「私の父さん、ノア・ヘイズについて、何か知らせはありませんか？」

「ヘイズ氏は数週間前にジャイサルメールに到着《とうちゃく》された。誘拐《ゆうかい》の危険《きけん》を承知《しょうち》の上でタール砂漠《さばく》へ出かけられたそうだ。お父上がまだ生きているナーガを見つけるのに間に合えばいいが。というのも、何年も軽微《けいび》な症状《しょうじょう》のままナーガの間に広がっていた病気が突然変異《とつぜんへんい》して、感染《かんせん》すれば必ず死ぬ疫病《えきびょう》になったのだ。

さらに恐《おそ》ろしいことに、タール砂漠外にもこの疫病が広がりつつある。ナーガを助けに中国から来ていた龍《ロン》が故郷《こきょう》へもどったとき、病気を持ち帰ってしまったようなのだ。すでに何体もの龍がこの病気の初期症状を呈《てい》しておる。もしこのように広がり続けるとすれば、被害《ひがい》はどこまで広がるか、だれにも予測がつかない」

「でも」と、ぼくは口をはさんだ。

「ゴリニチカがドラゴンを支配したいんだったら、どうしてドラゴンの命を奪《うば》うような恐ろしい伝染病《でんせんびょう》をばらまいたりするの？」

パンテオンが静かにぼくを見た。

「理屈《りくつ》が通らないように見えることにも、理由はあるものだ。まだ君にはわからんかもしれんが。だがドラゴンに手を出して、予測もつかず望まれもしない結果を手に入れようとする無謀《むぼう》なドラゴン学者は、ゴリニチカが初めてではないのだよ」

ぼくはパンテオンを見つめることしかできなかった。

「さて、私はイギリスに棲《す》むドラゴンの『ドラゴン協会』に行かねばならぬ。ドラゴン側からの救援《きゅうえん》をもらえないか、きいてほしいとドレイク博士に頼《たの》まれているのだ。ジャマールの様子を見たら、すぐに協会を訪《たず》ねて、その足でパリへとんぼ帰りだ。若《わか》いガーゴイルの間で、さらなる騒動《そうどう》が画策《かくさく》される恐れがあるのだ」

そう言ってパンテオンはぼくらに別れを告げ、森の中へ急いでいった。

その夜、ぼくは両親のことが心配で全然眠《ねむ》れなかった。イギリスのドラゴン協会が助けてくれるかどうかも、気がかりだった。

次の朝、みんなでトーチャーを芝生《しばふ》の上で遊ばせてやっているときに、玄関《げんかん》のベルが激《はげ》しく鳴った。ドレイク博士からの知らせかもしれない。

城《しろ》の表にまわると、玄関の外でガメイさんが細長い灰色《はいいろ》のものの上にかがみこんでいた。ドラゴンの脱皮《だっぴ》したあとの皮のようだ。なぜかそれを届《とど》けに来たものの気配はなかった。ガメイさんの肩越《かたご》しにのぞきこむと、その皮にはドラゴン文字が書きつけてあった。ぼくもベアトリスも即座《そくざ》に読み取れた。博士にドラゴン文字を習っていて、本当によかった。なぜなら皮の上の文字は、ぼくらが読む先から消えはじめたからだ。

S《エス》.A《エイ》.S《エス》.D《ディー》.のドラゴン学士諸君《しょくん》

我々《われわれ》の多くの同胞《どうほう》が苦難《くなん》にさいなまれていることを、ただいま聞き知るに至《いた》った。我々には治療《ちりょう》の手だてがある。ロンドンのドラゴン・マスターの小部屋には、二つの大いなる宝《たから》がある。本と杯《さかずき》だ。本には古い処方箋《しょほうせん》がのっており、その薬を杯の中にて調合すれば万病の治療薬《ちりょうやく》となる。ドラゴン・マスターの弟子たちよ、君らをおいてこの使命を託《たく》せる者はない。任務を妨《さまた》げられぬよう、何者にも秘密《ひみつ》にして遂《すい》行《こう》せよ。くだんの小部屋への通路は隠《かく》されている。ドラゴンの幼体《ようたい》がその道を照らす。ドラゴンの飛ぶ速さでなすべきことをなせ。

文末には署名《しょめい》のかわりにドラゴンの前脚《まえあし》の印があった。この印は手紙の文字が消え去ったあとも、皮の上にくっきりと残っていた。

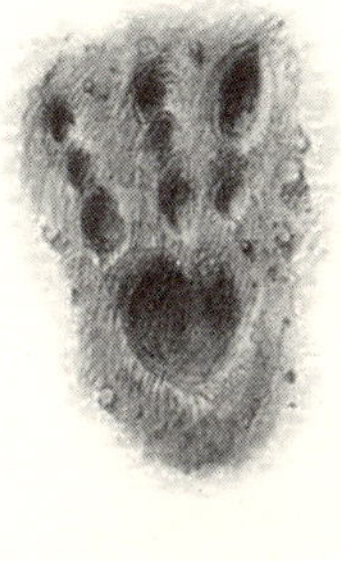

第6章　重大な任務

社交的かつ用心深いガーゴイルをのぞき、いかに関心をそそられることがあったとしても、ドラゴンは人間の町に出向くべきではない。
——我《われ》らがうろこなき友人についての覚え書き
人間学『リベル・ドラコニス』より

指示がたとえイギリスのドラゴン協会から届《とど》けられたものでも、ガメイさんが首をたてにふらないのは予想していた通りだった。ドレイク博士の許可もなしに子どもたちだけでロンドンに行かせるなんて、とんでもないというのだ。

特にぼくらがトーチャーを連れていくことについては、最後まで反対だった。でも手紙に残された印は本物のドラゴンのものだったし、これが正真正銘《しょうしんしょうめい》のドラゴン協会からの指令であることは、ガメイさんもわかっていた。それに乗《じょう》じてぼくらは、ダーシーを「保護者」と見なすことができるぐらいの年長者であると言い募《つの》り、なんとかガメイさんに「行ってもよろしい」と言ってもらうことができた。

次の朝、ベアトリスとニーアとぼくは、ダーシーに引率《いんそつ》される格好でロンドンのウォータールー駅をめざして汽車に乗りこんでいた。トーチャーはじゅうたん製の大きな旅行かばんに入っている。上に提《さ》げ手《て》と、ぱっくり開く大きな口がついているかばんだ。ウォータールー駅からは歩いて「ドラゴナリア」に行く。「ドラゴナリア」はワイバーン小路《ウェイ》にあるドレイク博士の店だが、実はS.《エス》A.《エイ》S.《エス》D.《ディー》の本部なのだ。

汽車に乗ってしばらくは、ぼくらは６人用の個室《コンパートメント》をまるまる、ぼくたちだけで使えた。トーチャーの入った旅行かばんを床《ゆか》の上に置き、みんなで目を離《はな》さないようにした。城《しろ》を出る直前、ぼくらは肉屋から運ばれてきたばかりの新鮮《しんせん》な肉の山をトーチャーに食べさせた。おなかがいっぱいになれば、眠《ねむ》ってくれるのではないかと期待していたのだが、今のところトーチャーはまだしゃっきりと起きている。静かにさせておくため、トーチャーにはガメイさんの耳飾《みみかざ》りと、ティブスさんの懐中《かいちゅう》時計というお気に入りのおもちゃを持たせてある。懐中時計は今では見る影《かげ》もなく、色もはげてへこみだらけになっていた。

もう一つのかばんには、ガメイさんが用意してくれたサンドイッチとレモネードが入っている。ぼくらのお弁当だ。実はローストチキンも入っていたのだが、トーチャーがむずかったとき、なだめるためにとっておくことになった。もしトーチャーがだれかに見つかったら、それで間違《まちが》いなくすべてが終わりになることを、ぼくらはみんなよくわかっていた。

汽車が動き出すと、ぼくらはワイバーン小路《ウェイ》に着いてからの段取《だんど》りについて話し合うこととした。ベアトリスがまず口を開いた。

「だれかに聞かれたら、ニーアをドレイク博士の店の見学に連れてきたんだと言えばいいわ。いずれ本当にそうしたでしょうし。でも店番のフライトさんに見つからずに店の奥《おく》に入って、隠《かく》された小部屋を見つけることができるかしら」

「隠された小部屋なんて聞いたことないよ。ドラゴン・マスターの執務室《しつむしつ》の鍵《かぎ》なら、ガメイさんから預かっているけどね」と、ダーシーは鍵束《かぎたば》をぼくらに見せた。

「そのフライトさんとやらは、なんとかなると思うわ」と、ニーアが言った。

「どうやって？」

　ぼくがたずねると、ニーアはすらすらと説明した。

「フライトさんと私は会ったことがないから、きっと私のことは知らないわ。私が話しこんでフライトさんの注意をひきつけておくから、その間にあなたたちはこっそり奥に入って。探《さが》し物《もの》が見つかったら、店の外で会いましょう」

「いい計画ね」と、ベアトリスが答えたときだった。

汽車が次の駅について、乗客がどっと乗りこんできた。大柄《おおがら》で赤ら顔のおばさんが、ぼくらの個室《コンパートメント》の扉《とびら》を開けた。

「ここ、いいかしら？」

「もちろんですよ」と、ダーシーは答えながら、床《ゆか》に置かれた旅行かばんに心配そうな視線《しせん》を投げた。

おばさんはべっこうの眼鏡をかけて、だぶだぶの緑色の服を着ていた。おばさんの家族も一緒《いっしょ》にどたどたと入ってきた。背《せ》が高くてやせっぽちなご主人と、キャンディーの袋《ふくろ》を持っているぼくらと同い年ぐらいの太っちょの男の子。それに6歳《さい》ぐらいの女の子だ。女の子は上着に蝶《ちょう》の形をした銀のブローチをつけていた。4人家族はぼくらの横にぎゅうぎゅうに座《すわ》りこんだ。ぼくの隣《となり》に座ったおばさんが邪魔《じゃま》そうに足先で旅行かばんをつつくと、中でトーチャーが低くうなった。おばさんはかばんをにらんだ。

ちょうどそのとき、女の子が騒《さわ》ぎだした。お兄ちゃんがぱくぱくキャンディーを食べているのを見て、自分もほしくなったのだ。

「わたしもキャンディーを食べるぅ！　ちょーうだいったらぁ！」

太っちょの男の子は妹の手の届《とど》かないところに袋を持ちかえたつもりだったが、ちょっと遅《おそ》かった。女の子の手にひっかかって袋は破け、キャンディーが汽車の床にちらばった。二つがぼくの膝《ひざ》に落ち、一つはこともあろうに旅行かばんの中に落ちた。どうかトーチャーが食べませんように！

男の子は目につくだけのキャンディーをかき集め、女の子も床に落ちた分を拾いながら旅行かばんに近づいた。やっと女の子が椅子《いす》にもどったとき、上着からブローチが消えているのを見て、ぼくの血は凍《こお》った。トーチャーだ！

「乗車券を拝見《はいけん》！」

車掌《しゃしょう》が扉を開けて個室に入ってきたとき、旅行かばんの中からカサカサという音が聞こえてきた。ぼくは急いでローストチキンをひとつまみむしり取ると、旅行かばんの口から中へ落とした。おばさんはそれを見とがめるように、ぼくをギッとにらみつけた。

車掌《しゃしょう》はぼくらと4人家族の乗車券を確認《かくにん》すると、何に気づくこともなく次の客車へ移っていった。ぼくらはみんな、ほっとため息をついた。

「見たわよ。汽車の中で動物に餌《えさ》をやっているのね。なんてことなの！」

ニーアが何か言い返そうと口を開いたとき、かばんから大きなしゃっくりが聞こえた。ぼくは大いに咳《せき》こむふりをしながら、どうかここで火だけは吐《は》きませんようにと心の中で祈《いの》った。

「次の駅でその動物を汽車から放り出してやるわ！」とは言ったものの、おばさんは椅子《いす》に座《すわ》りなおしたので本気ではなかったようだ。

ほっとして床《ゆか》の旅行かばんに目を落としたぼくは、気を失いそうになった。かばんの口から、煙《けむり》が薄《うす》くたなびいている！　しゃっくりの音が再びはっきりと個室《コンパートメント》に響《ひび》き、ローストチキンのにおいのする煙がふわふわと客車を漂《ただよ》いはじめた。

おばさんが叫《さけ》び出した。

「あなた、すぐに客室係にこの子たちのことを言いつけてきて！」

「本当のところ、かばんの中にいるのは何かね？」

ご主人の問いに、ぼくは頑《がん》として言い張った。

「猫《ねこ》です。ぼくらはこの猫を火事場から救い出して、みんなでロンドンにある特別な動物病院へ連れていくところなんです」

そう言いながら窓《まど》の外を見ると、テムズ川のすぐ向こうにロンドンの時計塔《とけいとう》ビッグ・ベンが見えている。もう、すぐそこまで来たっていうのに！　トーチャーがこの汽車を焼き尽《つ》くしてしまう前に降《お》りられさえすれば、まだ望みはある。

「それ全然、猫じゃないよ。しっぽが見えているもの、ほら」

男の子の声にふり返って、ぼくは息が止まった。いつのまにか、旅行かばんの底に穴《あな》が開き、そこからトーチャーのしっぽがのぞいていたのだ。

「やけどのせいで、しっぽがうろこみたいになっちゃったんです……」

口ごもりながらもぼくはそう答えると、他《ほか》のみんなに降《お》りる準備をするように身ぶりで伝えた。ベアトリスがすばやくトーチャーのかばんに手をかけて、ぼくらが個室《コンパートメント》の扉《とびら》に向かって歩き出した、まさにそのときだった。

「ブローチがないいぃぃぃぃ！」

お気に入りのブローチがないことに、女の子はやっと気がついたらしい。

「だれかがとっちゃったぁ！」

汽車がウォータールー駅に滑《すべ》りこんだとき、ご主人が立ちあがった。

「わかった、おまえたちはコソ泥《どろ》だ！」

ニーアが扉の把手《とって》に手をかけたのと、おばさんが「逃《に》がさないで‼」と叫《さけ》んだのは同時だった。

「走れ！」

ダーシーの声にニーアが勢いよく個室の扉を開けた。ベアトリスはトーチャーのかばんに手をつっこみ、手探《てさぐ》りでブローチを見つけるとふりむきざま、ご主人めがけて投げ返した。ぼくらは全速力で客車の通路を駆《か》け抜《ぬ》け、汽車からとびおりた。その勢いのままプラットホームを走り抜けたぼくらは、大きく湾曲《わんきょく》したウォータールー駅の中央通路へ転がり出た。だが、ここで安心することはできない。ぼくらはテムズ川に向かって土手道を駆けあがり、橋を渡《わた》ってセント・マーティンズ通《レーン》りの入口であるトラファルガー広場《スクエア》に着くまで、ずっと走り通した。

ぼくらがまだ息を切らせているとき、花かごを持った女の人が近づいてきた。

「ぼうやたち、幸運のヒースはいらないかい？」

ベアトリスがキッとして答えた。

「いいえ、絶対にいらないわ！」

その言い方が強かったせいだろう、女の人は後ろへとびすさって悪態をついた。

「なにさ、ちょっときいただけだっていうのに！」


セント・マーティンズ通り《レーン》からワイバーン小路《ウエイ》に入るところで、ぼくらは練ってきた作戦を行動に移した。最初にニーアが角を曲がり、博士の店の扉《とびら》を開けた。ぼくらはそれから5分ぐらいして、動きだした。店の窓《まど》の隅《すみ》から中の様子をうかがおうとしたけれど、窓辺《まどべ》にはドラゴンの絵のついた壺《つぼ》やお皿が並《なら》べてあって、中がよく見えない。それでも入口とは反対側の隅で、ニーアがフライトさん相手に大げさな身ぶりで何か話しているのは見えた。これなら呼《よ》び止められることはないだろう。

ぼくらはこっそりと戸口から入ると、店の奥《おく》をめざした。

フライトさんは困《こま》ったように頭をかいている。

「でもこの像は、しばらく前からうちにあるんです。お嬢《じょう》さんのとは別物ですよ」

「それなら、大使館から捜索隊《そうさくたい》を連れてくるわ。私が正しいってすぐに証明できるんだから。私は生粋《きっすい》のテキサス人、絶対にごまかされやしないんだから！」

ニーアは、滞在中《たいざいちゅう》のホテルの部屋から盗《ぬす》まれたドラゴンのトロフィーを、ここで見つけたと言い張っているらしい。

「私が子どもだと思って見くびったらだめよ。ホテルのボーイはこの店の地下の秘《ひ》密《みつ》も教えてくれたのよ。もしトロフィーを今返してくれないなら、警察官《けいさつかん》を呼んでくるわ。そうすると、ここでやってるトカゲの虐待《ぎゃくたい》についても明るみに……」

ぼくらはそれ以上のやり取りを聞けなかった。カウンターの後ろの扉をくぐって、「神秘《しんぴ》といにしえのドラゴン学者協会」の本部に続く階段《かいだん》を降《お》りはじめたからだ。ぼくはトーチャーのかばんを持っていたので、トーチャーを揺《ゆ》らさないようにゆっくり静かに降りた。

階段《かいだん》を降《お》りると、ダーシーはぼくらについてくるように手ぶりで伝えて、廊下《ろうか》を進んでいった。廊下の左手にはドラゴン学の研究室があった。ぼくがトーチャーのお兄さんの、スコーチャーを初めて目撃《もくげき》したところだ。廊下のつきあたりには両開きの扉《とびら》があった。だれにもあとをつけられていないことを確かめると、ダーシーはそっと扉を押《お》し開けた。そこは大理石の床《ゆか》の大きな広間だった。中央にはドラゴンの像がある。壁際《かべぎわ》のガス灯がともっているのを見て、ダーシーがささやいた。

「注意して。この明かりがついてるってことは、だれか先客がいるってことなんだ」

「先客って、だれ？」と、ぼくもささやき返した。

「たぶんエメリーだと思うけど。チディングフォールド男爵《だんしゃく》か秘書《ひしょ》のティブスさん、S《エス》.A《エイ》.S《エス》.D《ディー》.の他《ほか》のメンバーってこともありえる。そうは言っても、ほんの少ししかいないんだけどね」

ベアトリスがひそひそと言った。

「それで、どこがドラゴン・マスターの執務室《しつむしつ》なの？　早く行きましょう」

ダーシーが広間の奥《おく》にある、彫《ほ》り物《もの》でいっぱいのもう一つの扉を指さした。

「あの扉の先、廊下の終点にあるんだ」

音をたてずに広間を横断してたどり着いた扉には、驚《おどろ》いたことに鍵《かぎ》はかかっていなかった。そっと押し開けた扉の向こう側は真《ま》っ暗闇《くらやみ》の廊下で、ダーシーは用意してきたろうそくに火をつけた。マッチの炎《ほのお》にトーチャーが身じろぎしたので、ぼくはすばやくかばんの口から、チキンをもうひとつまみ落としてやった。

「おとなしくしてて。ぼくらに協力してくれよな」

トーチャーはまるでぼくの言ったことがわかったように、黒いつやつやした目でかばんの中からまっすぐぼくを見あげると、チキンにかぶりついた。

廊下の両側の壁《かべ》には肖像画《しょうぞうが》が並《なら》んでいた。右の壁には女性や男性の絵、左には堂々としたドラゴンの肖像画がかけられている。右の人間の数に比べてドラゴンの数は少なく、1枚1枚が大きくて長い。先に行くほど古い絵になる。

「わかった、これは歴代のドラゴン・マスターの肖像《しょうぞう》だよ！」

ぼくと同じことに、ベアトリスも気がついた。

「するとこっちは、ドラゴン協会のメンバーのドラゴンね」

再び歩きはじめたとき、ぼくらの背後《はいご》で突然《とつぜん》光が揺《ゆ》らめいた。彫《ほ》り物《もの》のあった扉《とびら》とぼくらの真ん中あたりにある扉から、明かりがもれている。

「あそこはS《エス》.A《エイ》.S《エス》.D《ディー》.の図書室なんだ。やっぱりだれかいるんだよ」

ダーシーがつぶやいたとたん、扉が廊下《ろうか》に向かって大きく開いた。

ダーシーは手にしていたろうそくをすばやく吹《ふ》き消《け》し、ぼくらはそばにあった大きな本棚《ほんだな》の陰《かげ》に身をひそめた。壁《かべ》にぴったりとくっついていると、開いた扉の向こうから頭が一つ、つき出した。暗闇《くらやみ》を見透《みす》かすように、廊下を見つめているのは、ティブスさんだった。

第7章　秘密《ひみつ》の通路をたどって

もし人間と取引しようとするならば、軽々しく通じ合ってはならない。人間は挑戦《ちょうせん》しがいのある困難《こんなん》なことにこそ、価値《かち》を見い出すものなのだ。

——人間学『リベル・ドラコニス』より

「何かが聞こえたと思ったんですが」と、ティブスさんの声がした。もう一人、男の人が廊下《ろうか》に出てきた。チディングフォールド男爵《だんしゃく》だった。

「まあ落ち着け、ティブス。だれもいるわけないよ」

「いや、ドラゴン特有の極《きわ》めて独特なにおいがうっすらしていますよ」

ぼくらはドラゴンのにおいに慣れてしまって、感じなくなっているようだ。ぼくはかばんの口をぎゅっと押《お》さえた。トーチャーがおとなしくしてくれますように。

やがて男爵《だんしゃく》がティブスさんを呼《よ》びもどし、図書室の扉《とびら》が閉《し》まった。

「私たちがここにいるって教えるべきかしら」と、ベアトリスがささやいた。

「手紙には『だれにも言うな』って書いてあったよ」と、ダーシー。

ぼくらは再び、ほとんど真っ暗な廊下《ろうか》を手さぐりで進み、ドラゴンが彫《ほ》りこまれた、もう一つの大きな扉の前にたどり着いた。

「ドラゴン・マスターの執務室《しつむしつ》だよ。鍵穴《かぎあな》を探《さが》すね」と、ダーシーがささやいた。

暗闇《くらやみ》の中で鍵を開けて、ダーシーがベアトリスとぼくを部屋の中に引き入れたとき、図書室の扉がまた開いた。ダーシーは急いで扉を閉めて内側から鍵をかけようとしたけど、うまくいかない。

「絶対、ドラゴンを連れている人間がここに入りこんでいます!」と、ティブスさんが廊下で叫《さけ》んでいる。

「ドラゴンを本部へ連れこむことは禁じられている。だれでも知っていると思うが」

チディングフォールド男爵の声と二人分の足音がこちらへ近づいてくる。ティブスさんが扉の把手《とって》に手をかける前に、ダーシーはなんとか鍵をかけ終わった。

「今すぐここを開けろ！」

ティブスさんが扉をガタガタさせて怒鳴《どな》ったけど、ぼくらはじっと黙《だま》っていた。

ティブスさんが「このにおいはドレイク城《じょう》にいた、あのドラゴンの赤《あか》ん坊《ぼう》のにおいにそっくりです」と言ったときには、ぼくは息が止まったかと思った。

「フライト氏に、ここの鍵をもらってこよう」

チディングフォールド男爵の声がして、二人の足音は廊下を遠ざかっていった。

ダーシーがろうそくに火をつけたので、入ってきた部屋を見まわすことができた。

広い部屋だけど、置かれているのはすごく大きくて古い、真っ黒な机《つくえ》と椅子《いす》だけだ。

机にはドラゴンが彫られていて、椅子もドラゴンの形をしている。机の上には本が数冊《すうさつ》あった。表紙や背《せ》にある書名は『S.《エス》A.《エイ》S.《エス》D.《ディー》の歴史　1281年から1842年』、『ドラゴンの古代史』、『ドラゴン・マスターたちの箴言《しんげん》　時代を超《こ》えるドラゴン学の英知』と読める。

四方の壁《かべ》には全部違《ちが》う柄《がら》の織物がかけられていて、それぞれにドラゴン史の著名《ちょめい》なシーンが描《えが》かれているらしい。そのうちの二つはぼくにもわかった。一つは魔術《まじゅつ》師《し》マーリンがディナス・エムリスに閉《と》じこめられていたドラゴンを解放するところ、もう一つは古代中国《ちゅうごく》の皇帝《こうてい》伏羲《フーシー》が黄河《こうが》の龍《ロン》に会ったところだ。

あとの二つはわからなかった。一つは十字軍の騎士《きし》が大きな宝石《ほうせき》を白いドラゴンに見せているところ。最後の一つは中世の騎士団の前で、一人の女性が剣《つるぎ》をかまえてドラゴンの赤ちゃんを守っている図だ。

トーチャーをかばんをから出してやると、さっそくあたりを嗅《か》ぎまわった。ダーシーは石の床《ゆか》を、ベアトリスは織物を1枚《まい》1枚調べている。

「杯《さかずき》なんてどこにもないわ。こんなことしているうちに、チディングフォールド男爵《だんしゃく》がもどってきたら、ここに来たのも無駄《むだ》になっちゃう！」

焦《あせ》ってきたベアトリスにダーシーが言った。

「杯があるのは、ドラゴン・マスターの小部屋だよ。ここは執務室《しつむしつ》だから」

「小部屋へと至《いた》る通路は隠《かく》されているんだよね。ドラゴンの幼体《ようたい》がその通路を照らすだろうってあったけど、幼体ってトーチャーのことでしょ？」と、ぼくはきいた。

「子どもっていう意味だから、そうね。でも、何を照らせばいいっていうの？」

ベアトリスがそう言ったとき、ぼくらはトーチャーがマーリンの織物をじっと見つめていることに気がついた。トーチャーのしゃっくりが大きく部屋に響《ひび》く。

「火を吐《は》くつもりだ！」と、ダーシーが叫《さけ》んだ。

トーチャーが吐き出した青い炎《ほのお》に照らされて、マーリンの絵の中に光るものが現れた。それはドラゴン文字のｔ《ティー》で、マーリンの杖《つえ》に沿《そ》って織りこまれている。近づ

いて見ると、同じ絵の赤いドラゴンのしっぽにも、もう一つの文字が隠《かく》れていた。

「ここにs《エス》がある。これは何かの言葉の一部だよ」

「見て、白いドラゴンのしっぽにはW《ダブリュー》があるわ」

ベアトリスが見つけたWは、大文字だった。

「マーリンの袖《そで》のしわにe《イー》があるよ」と、指さしたぼくにベアトリスが言った。

「左から右へ読めば、West《ウエスト》（西）よ」

ぼくらはすぐに他《ほか》の織物の前でもトーチャーに火を吐《は》かせて、全部で4つの言葉を見つけた。

West《ウエスト》（西）　Fire《ファイヤー》（火）

Wall《ウォール》（壁《かべ》）　Show《ショウ》（見せよ）

「順番を入れ替《か》えれば、『西の壁に火を見せよ』って文章になるわ」

「西はマーリンの織物がかかっている壁だよ」

ぼくが言うと、ダーシーがすばやく織物をめくりあげたが、何も見つからない。

「トーチャーで試《ため》してみましょうよ」

織物の前におろされたトーチャーだったけど、火を吐く気配は全然ない。

そのとき、廊下《ろうか》に足音が聞こえた。

「急いで、あごの下をくすぐって！」

ベアトリスがトーチャーのあごの下をくすぐったのと、扉《とびら》の向こう側で足音が止まるのは同時だった。トーチャーがしゃっくりをし、頭をそらせると炎《ほのお》を吐いた。

すると壁にドラゴンの足跡《あしあと》が一つ、光りながら浮《う》かびあがってきた。

「これからどうしたらいいの？」

ベアトリスが押《お》し殺した声できいてくる。

「ぼくにだってわかんないよ。押《お》すかなんかしてみたら？」

ささやき返すと、ベアトリスが足跡《あしあと》を押した。でも何も起こらない。ちょっと考えこんだベアトリスが指を広げて、足跡のかぎ爪《づめ》通りに指を置くと、かちりと音がして壁《かべ》の一部が開いた。目の前に下へ続く階段《かいだん》が現れるのと、ぼくらの後ろで鍵穴《かぎあな》に鍵がさしこまれる音がしたのは同時だった。

「行こう！」

ダーシーが床《ゆか》のかばんをつかんだ。ぼくがトーチャーを抱《だ》きあげ、壁に開いた隙《すき》間《ま》から、細くて古い石の階段を降《お》りていった。ベアトリスは足跡から手を離《はな》すと、閉《し》まりかけた壁の隙間から滑《すべ》りこんできた。執務室《しつむしつ》にティブスさんの声が響《ひび》いた。

「いったい君たちは……」

そこで壁は閉まりきってしまったので、それ以上は何も聞こえなくなった。ぼくらが息を切らせて階段の下にたどり着くと、そこにはもう一つの扉《とびら》があった。

第8章　ドラゴン・マスターの小部屋

私の主な研究課題は人間である。よって、この本の大部分は人間についての記述で占《し》められている。

——『リベル・ドラコニス』序章より

ぼくらが入りこんだのは、小さな部屋だった。恐《おそ》ろしく古い、ということはすぐにわかった。弓なりの梁《はり》が壁際《かべぎわ》にあり、片隅《かたすみ》には煉瓦《れんが》が積みあげられている。驚《おどろ》くべきことに、四方の壁がドラゴンの粉で覆《おお》われていてきらめいていた。ドラゴンの粉は卵《たまご》を抱《かか》えている母ドラゴンの吐《は》く息からできる、すごく貴重《きちょう》な魔法《まほう》の原材料だ。ダーシーのろうそくの光は不思議と赤くなり、ゆらゆらと揺《ゆ》れたので、小部屋はいっそう魔術師《まじゅつし》の研究室めいて見えた。

部屋中に、ありとあらゆる奇妙《きみょう》な道具が散らばっていた。ドラゴンの脱皮《だっぴ》した皮の山に、壁際《かべぎわ》には引き出しがいっぱいある大きな陳列棚《ちんれつだな》もあった。引き出しにはそれぞれ、赤い羽根や細かい灰《はい》のほか、たぶんドラゴンの住処《すみか》から持ってきたと思《おぼ》しき宝石《ほうせき》も入っていた。

トーチャーは引き出しの中に宝石を見つけるや棚に突進《とっしん》したが、途中《とちゅう》で突然《とつぜん》立ち止まった。そこには中世の絵巻物《えまきもの》で見るような大きな書見台が置いてあり、小さな本が乗っていた。表紙の真ん中には大きな赤い宝石がはめこまれている。この部屋を満たしている赤い光源《こうげん》はこの宝石のようだった。

「見て、探《さが》していたものを見つけたと思うよ！」と、ぼくは声をあげた。

「でも、それってS.《エス》A.《エイ》S.《エス》D.《ディー》の12の宝物の『リベル・ドラコニス』って本だったと思うわ。前に博士が表紙の絵を見せてくれたから。でも、処方箋《しょほうせん》とかがのっているぼくはそっと本を持ちあげた。表紙は赤い皮で、宝石のまわりを丸く囲むように、ドラゴンの姿《すがた》が浮《う》き彫《ぼ》りになっている。書名のない表紙を開くと、驚《おどろ》いたことに中はすべて白紙だった。

「これは『リベル・ドラゴニス』じゃないと思う。中が真っ白だもの」

でも他《ほか》に本らしきものは見当たらない。

「杯《さかずき》はどう?」とダーシーが言った。言われて見れば、本の隣《となり》にひどく古びた、持ち手のない杯があった。

杯を渡《わた》すとダーシーは赤い光の中で、手の中の杯をいろんな方向から眺《なが》めた。

「縁《ふち》のところに文字が彫《ほ》ってあるよ。言葉が４つ並《なら》んでるみたいだ。アンチモニウム、スルフール、アクア、ウェルヴェナだって。ラテン語か何かじゃないかな」

「そういえばS.A.S.D.の宝物にも、セント・ペトロックの聖杯《せいはい》っていうのがあったわね。大昔、ドラゴンを治療《ちりょう》した聖人の名前がついてるの。杯《さかずき》の縁《ふち》には病気のドラゴンを治す薬が塗《ぬ》られてて……。もしかして塗ってあるんじゃなくて、薬の原料の名前が彫《ほ》られているのが正しいんだとしたら？」

ベアトリスの言葉に、ぼくらは思わず黙《だま》りこんでしまった。

もしかすると、そうなのかも知れないという期待は、ぼく一人のものじゃなかった。興奮《こうふん》をおさえているような声でダーシーが沈黙《ちんもく》を破った。

「おそらくこれがセント・ペトロックの聖杯《せいはい》だと思うよ」

そのとき突然《とつぜん》、トーチャーが翼《つばさ》をばたつかせて台の上に飛びあがったかと思うと、しっぽであの白紙の本を床《ゆか》にたたき落とした。続いて本の上に飛びおりて表紙の宝《ほう》石《せき》に見入っている。本を取りにいこうとしたぼくを、ベアトリスが止めた。

「ちょっと様子を見てみましょう」

しばらくトーチャーはおとなしく宝石を見つめていたけれども、いきなり何歩か後ずさると、しゃっくりをした。

「だめよ！」と、ベアトリスが叫《さけ》んだ。織物と違《ちが》って、さすがに本は燃えてしまうだろう。ぼくらはとび出したが、間に合わなかった。手が届《とど》く前に、トーチャーは細い炎《ほのお》を吐《は》き出し、本はあっという間に青い炎に包《つつ》まれた。せっかく見つけた（のかもしれない）本を、焼いてしまうなんて。ところが本は焼け崩《くず》れるどころか、表紙の宝石が輝《かがや》きをどんどん増していった。

「見て！」と、ベアトリスが言った。

宝石《ほうせき》の中にドラゴンの頭が浮《う》かびあがったかと思うと、ゴシック風の赤い文字が表紙に現れた。たぶん、ドラゴンの炎《ほのお》にしか反応しないインクで書かれているのだ。表紙の文字は『リベル・ドラコニス』と読めた。

「すごいよ、トーチャー！」

ぼくが叫《さけ》ぶと、トーチャーはうれしそうに部屋を走り回った。その頃《ころ》には表紙の文字も薄《うす》くなり、ドラゴンの頭も消えていった。

「さあ、行きましょう！」

ベアトリスがトーチャーと本を一緒《いっしょ》に抱《だ》きあげて、旅行かばんの中におろした。トーチャーがまた火を吐《は》くといけないので、ドラゴンの皮を何枚か失敬《しっけい》してかばんの内側に入れた。ぼくが旅行かばんを持ちあげると、ダーシーが自分の上着で杯《さかずき》を包んだ。

「宝物《たからもの》はそろった。あとはなんとかうまく抜《ぬ》け出すだけだ」

ぼくらは、入ってきた扉《とびら》とは反対の壁《かべ》に小さな扉を見つけた。開けると、上に階《かい》段《だん》が続いている。音をたてないように手さぐりであがっていき、天井の低い廊下《ろうか》を伝っていった先は、大きな扉で行き止まりになっていた。ダーシーがろうそくをつけて扉を調べた。

「こちら側からは簡単に開くようにできてる扉だよ。この通路は万一のとき、ドラゴン・マスターが脱出《だっしゅつ》できるように作られたものなのかもしれないね」

「扉の向こう側から何か聞こえる？」と、ベアトリスがきいて、ダーシーは扉に耳を押《お》しつけた。

「なんだか外の通りみたいだ。準備がよかったら、開けるからね！」

扉の外は「ドラゴナリア」と隣《となり》の店の間にある、本当に細い空間だった。一方の先は行き止まりだったので、扉を閉めてワイバーン小路《ウェイ》へと向かったときだった。

「ちょっと待って、あれはだれ？」

ベアトリスの視線《しせん》の先には、ぼろぼろの黒い上着を着た男の人がいた。小路の出口で壁《かべ》に寄りかかっている。たぶん、ドレイク博士の店の出入り口を見張《みは》っているんだ。

「中へもどるんだ！」と、ぼくはささやいた。ダーシーは今出てきた扉《とびら》を開けようとしたが、こちら側には把手《とって》がない。

男がぼくらに気がついた。脅《おど》すように大股《おおまた》で近づいてきて、ぼくらは逃《に》げ道を失った。男はトーチャーの入ったかばんを指さして、高い声で言った。

「ドラゴンのにおいがするぞ！」

「あなたが何を言ってるか、わからないわ」と、ベアトリスは答えた。

「そん中にドラゴンが入ってんだろって」と、男はひどい下町訛《なま》りでしゃべった。

「俺《おれ》ぁ、ドラゴンが好きでよ。すんげえ金になんだぜ。知ってるか？」

「あっちへ行け！」と、ダーシーは叫《さけ》んだが、男は黄色い歯を見せて笑うだけだ。

「かばんをよこせば、行ってやるよ」

ぼくらは通路の奥《おく》へ追いつめられた。男の上着の裾《すそ》から銃《じゅう》がのぞく。

「ドレイク博士も、大人に言われた通りにしろって言ってんじゃないか？」

旅行かばんの中からしゃっくりが聞こえた。ぼくは覚悟《かくご》を決めてゆっくりとかばんを置いた。

「もっと後ろにさがんな」と言いながら、男はかばんに近づく。

男が旅行かばんの口を開けると、トーチャーの鼻先がぴょこんととび出して、さらに大きなしゃっくりをした。

「これまたちっちぇードラゴンだあね。本まで入ってやがる。ちびっこドラゴンのおやすみなさいの絵本だってか？」

突然《とつぜん》、青い炎《ほのお》が男の顔をなめた。男は悲鳴をあげると、手で顔を覆《おお》った。

「走るのよ！」と、ベアトリスが叫《さけ》んだ。ぼくはすばやく旅行かばんを拾いあげると、男を押《お》しのけてワイバーン小路《ウェイ》に向かって走った。ぼくらが通路から小路へ走り出たとき、黒い1頭立ての馬車がセブンダイアルズの交差点から、こちらへつっこんできた。もう逃《に》げられない！

ところが馬車の戸を蹴《け》り開けてとび出してきたのは、ニーアだった。

「さっさと乗ったら？　飛ばすわよ！」

我《われ》に返ったぼくらは団子《だんご》になって馬車に乗りこんだ。セント・マーティンズ通り《レーン》に向けて駆《か》けていく馬車の窓《まど》から後ろを見ると、あの黒い上着の男が馬車に向かって拳《こぶし》をふり上げていた。

第9章　ジャマールに乗って

人を背《せ》に乗せるのは、真に必要に迫《せま》られた場合に限るべし。さもないと、年若《としわか》い人間に絶え間なくせがまれるはめになる。

——人間学への手引《てびき》『リベル・ドラコニス』より

辻《つじ》馬車《ばしゃ》を拾って待っていてくれた、ニーアの機転に、ぼくらは助けられた。ドレイク城《じょう》に帰りつくと、ガメイさんにあったことを全部話した。

「無事で本当によかったけど、その男は一体何者だったんでしょう?」

不思議がるガメイさんに、ベアトリスはきっぱり言った。

「あの人、『リベル・ドラコニス』のことがわからなかったわ」

宝物《たからもの》を取ってきた以上、ドラゴン協会から連絡《れんらく》が来るか、パンテオンが来るまで、ぼくらにはやることはなかった。まずは宝物をしっかり守るため、トーチャーを宝物の番人にすることにした。小部屋で本を見つけて以来、トーチャーは片時《かたとき》も本から離《はな》れようとしないので、うってつけだろう。ガメイさんはさらに、太い鎖《くさり》とごつい南京錠《なんきんじょう》を炭置き小屋の扉《とびら》に取りつけていた。

次の朝、ぼくはいやな汗《あせ》をかいて目を覚ました。ドレイク城《じょう》の正面玄関《げんかん》のあたりで、犬の吠《ほ》える声がする。階下からは怒鳴《どな》り声。すばやく服を着て部屋を出ると、階段《かいだん》の降《お》り口に下を心配そうにのぞきこんでいるニーアとベアトリスがいた。階下ではガメイさんとダーシーが、二人のがっしりした警察官《けいさつかん》に腕《うで》をつかまれている。ガメイさんの前に立っているもう一人も警官の格好をしているけど、おかしなことに肩《かた》マントはぼろぼろでしわくちゃだった。

「あれは店の外にいた男よ。警官の格好をしてるけど、間違《まちが》いないわ！」と、ベアトリスがひそひそと言ってきたとき、ガメイさんの声が聞こえてきた。

「何も悪いことはしていませんから、逮捕《たいほ》される理由はありません」

「本当にやばいことはねえのかよ」

男の口元から黄色い歯がのぞいた。

「あんたは怪《あや》しい外国人として逮捕されんだよ。稀少《きしょう》かつ一般的《いっぱんてき》でないトカゲを違《い》法《ほう》に売買した容疑《ようぎ》でな」

「いったい何の話ですか」

「ドラゴンだよ、奥《おく》さん。でっかいのとちっせえの、２体だ」と、男が言った。

「ここにいるのは、火事でしっぽが焦《こ》げた猫《ねこ》だけです」

きっぱりと言ったガメイさんに「だまれ！」と、黄色い歯の男が怒鳴った。

「この女とガキを荷馬車につっこんどけ！　他《ほか》のやつは金目のものを探《さが》せ」

ガメイさんとダーシーを、どこかに連れていくつもりだ！

「このままトーチャーと宝物《たからもの》が、あのならず者の手に落ちるなんて、絶対いや」

ニーアはそう言い放つと、ぼくらのほうにふりむいた。

「ダニエルとベアトリスは宝物を持って、トーチャーと一緒《いっしょ》に森へ逃《に》げて」

「ニーアはどうするつもり？」

「やつらを混乱《こんらん》させてやるのよ。あなたたちはドラゴン協会に急を知らせて！」

にやりと笑うと、ニーアは足音も荒《あら》く階段《かいだん》を降《お》りていった。ニーアは確かに性根が座《すわ》っていると思う。だって、二人のにせ警官《けいかん》のうち、大きいほうの男につかつかと近よると、男のおなかを指でつっついたんだから。

「ちょっとおじさん、あなたは市民と法を守る警官にはまるっきり見えなくってよ。あのフランスのご婦人と男の子を解放して、即刻《そっこく》この敷地《しきち》から出ていきなさい」

「おーい、シャドウェル！　変なガキがここにいるぜ！」

ニーアにつっつかれた大きなにせ警官が、黄色い歯の男を呼《よ》んだ。

「そいつも荷馬車につっこんで、他《ほか》のガキを探せ」と、返事がもどってきた。

ぼくらは男たちがあがってくる前に、女の子たちの部屋の窓《まど》から木を伝って外へ出た。なんとか地面に降りると、炭置き小屋に駆《か》けつけて小屋の鍵《かぎ》を開けた。

ベアトリスがトーチャーを抱《だ》きあげた。トーチャーはかぎ爪《づめ》で『リベル・ドラコニス』をしっかりつかんでいる。ぼくはセント・ペトロックの聖杯《せいはい》を持った。だれにも見られないように注意しながら、庭のはずれにある門をめざした。もうちょっと、というところで、後ろから犬の声があがった。

「見つかったわ！　犬の鼻をごまかすために、森の小川を渡《わた》って逃げましょう」

最初の小川を越《こ》えても、トーチャーはずっと後ろに向かってうなっていた。

小川のそばに残る、紫色《むらさきいろ》のべとべとしたウィーゼルの痕跡《こんせき》を見て思いついた。

「犬を追い返すのに、ウィーゼルは使えると思わない？」

「トーチャーが咬《か》みついたときのことを思い出して。絶対に無理よ」

「それじゃ、ジャマールは？」

「あの男はドラゴンの売人なのよ？　絶対に見つけさせたらだめ！」

二つめの流れにさしかかったときだった。突然《とつぜん》、下生えの中から犬に引きずられるようにして、男が二人とび出してきた。

「犬ども、やつらを捕《つか》まえろ！」

2匹の犬がぼくらめがけて、とびかかってきた。先頭の犬の前脚《まえあし》がぼくらにかからんとした、まさにそのとき、大きな声が森に轟《とどろ》いた。犬たちは弱々しい声をあげ、しっぽを足の間に巻《ま》きこんで男たちのところへもどっていく。

「ジャマールだわ！」と、ベアトリスが叫《さけ》んだ。「私たちを助けにきたのよ！」

その通りだった。森の木の間から姿《すがた》を現したのは、ジャマールだった。

「シュムル　アルグルルルリ！」と、ジャマールは言った。

男たちはジャマールから逃《に》げようと必死になっている犬に引っぱられて、どうしていいかわからない様子だ。一方、ジャマールのほうは「シュムル　アルグルルルリ」とくり返し、ぼくに鼻づらを押《お》しつけてくる。突然、ぼくにはジャマールの言いたいことがわかった。

「ジャマールは安全なところまで、ぼくらを乗せていってくれるつもりだよ」

「ちゃんと飛べるの？」

ベアトリスは疑《うたが》うような目をぼくとジャマールに向けた。

「たぶん大丈夫《だいじょうぶ》。まだそんなに遠くまで飛んだことはないけど、ここにいるよりずっとましなはずさ」と、ぼくはベアトリスに言った。

腹《はら》を決めたベアトリスが先にジャマールの背中《せなか》によじ登り、ぼくからトーチャーを受け取ると、ぼくもベアトリスの後ろにとび乗った。ぼくらが背中に落ちつくや、ジャマールはたった３歩の助走で空へ舞《ま》いあがった。ぼくらを乗せているというのに、いつもよりもずっといい調子だ。眼下《がんか》には犬を連れた男たちが、ぼくらに向かって走り出したのが見えたが、もう遅《おそ》い。ぼくらにはもう手が届《とど》かない。

ジャマールはセント・レオナードの森の先へ向かった。ドレイク城《じょう》から十分遠ざかってはじめて、ぼくはやっと安心できた。

「そろそろぼくらを降《お》ろすように命令しなきゃ」

「どうやるの？」と、ベアトリス。

「降りろっていうドラゴン語があるんだ。ケラマバク、ケラマバク！」

でもジャマールには、ぼくの命令を聞く気など全然なかった。大きな弧《こ》を描《えが》いて南へ向かった。サウスダウンズの丘陵《きゅうりょう》地帯の間から、英仏海峡《えいふつかいきょう》がキラキラと光って見えた。ぼくはできるかぎりしっかりと、ジャマールにしがみついた。

「ジャマールはいったいどこに行くつもり？」と、ベアトリスが怒鳴《どな》った。

その質問に答えたのは、ジャマールだった。

「パンテオー！」と、風の中を飛びながら、ジャマールが吠《ほ》えた。

「シュムル　アルグルルルリ　ヤーヤー　パンテオー！」

「でもパンテオンはパリにいるのよ」

「パリがぼくらの終点になるような気がしてきたよ」

丘陵地帯の上空を飛んでいるとき、男の子と女の子に目撃《もくげき》された。丘《おか》の頂上《ちょうじょう》へ犬を連れて散歩に来ていたのだ。男の子は大興奮《だいこうふん》、女の子は自分の目が信じられないようにこちらを見あげている。ほんの数か月前まで、ぼくもベアトリスもあの子たちと変わらなかった。ドラゴンが本当にいるなんて、思ってもいなかったのに。

ジャマールはついに英仏海峡に出た。フランス側の海岸までどのくらい時間がかかるかわからなかったけど、そんなに長くかからないことを願った。

「ベアトリス、具合はどう？」と、吹《ふ》きつける風に逆らってぼくは叫《さけ》んだ。

「とげがごつごつしてて、快適とは言えないわ」と、ベアトリスが叫び返した。

「でも、トーチャーは楽しんでいるみたい」

ジャマールに乗ってすぐ、トーチャーはすっかりおとなしくなった。たぶん母ドラゴンは赤ちゃんをこうやって背中《せなか》に乗せて運ぶんじゃないかな。

ジャマールの翼《つばさ》は、以前乗せてもらったイドリギアに比べてまだ小さく、イドリギアなら一度大きくはばたくところを、ジャマールは何度もぎくしゃくとやらなくてはいけなかった。また、イドリギアは気流の読み方がうまかったが、ジャマールは読み切れずに、よく乱気流《らんきりゅう》にふり回された。

それでもフランス側の海岸に着くまでは、1時間もかからなかったと思う。ぼくらは細くのびた海岸の上を飛び、細長い森で区切られている農地を過ぎた。広い川がぼくらの眼下に広がり、ジャマールは川の流れに沿《そ》って方向を変えた。

太陽が低くなると、気分がずっとよくなった。かわりにおなかは減るわ、喉《のど》はかわくわ、その上、鞍《くら》もなしにこんなに長い間ドラゴンに乗ったのは初めてだったの

第９章　ジャマールに乗って

で、すっかり体中が痛《いた》くなっていた。この初めての長距離《ちょうきょり》飛行はジャマールにもつらいようで、今ではずっとゆっくりと飛んでいた。

日没《にちぼつ》の頃《ころ》、ぼくらは大きな街の外れに来た。通りにガス灯が揺《ゆ》れている。

「ここがパリかしら？」と、ベアトリスが下をのぞきこんだ。ジャマールも疲《つか》れた様子で、高度がどんどん下がってきていた。ジャマールがゆっくり飛ぶので、濃《こ》くなっていく暗闇《くらやみ》の中でも建物の形を見分けることができた。ぼくらの行く手には川があり、流れの中に島がある。島には多くの塔《とう》がある、大きな聖堂《せいどう》が建っていた。

「聖堂から何かがこっちへやって来るわ！」と、ベアトリスが叫《さけ》んだ。

暗闇を透《す》かして見ると、大きなコウモリのような形をしたものの群れが塔の先端《せんたん》から次々と飛び立ち、ぼくらに向かってくる。

「ガーゴイルだよ。パンテオンの仲間かな？」

ジャマールもガーゴイルに気づいて、群れに向かって吠《ほ》えた。

「パンテオー！　パンテオー！」

今やものすごい数のガーゴイルが、目につくところに無数にある尖塔《せんとう》や丸屋根から舞《ま》いあがっている。

「パンテオンの友だちであることを祈《いの》るよ！」

「パンテオー！」

ことさら大きく、ジャマールの声が轟《とどろ》いた。

一番最初に飛び立ってきたガーゴイルがすぐそばまでやってきた。黄色い歯をむき出すと、ぼくらを脅《おど》すようなゴロゴロという音をたてている。ガーゴイルが甲高《かんだか》い声で吠《ほ》えた。

「ヴルルルレシュリク　ボヤールルルル！」

「なんて言ってるのかな」

「私が思うに『出ていけ』だと思うわ」

「ヴルルルレシュリク　ボヤールルルル！」

別のガーゴイルが、さっきよりも大きく吠える。

初めのガーゴイルがもどってきて、憎《にく》しみに満ちた目でぼくらをにらむと、空高く舞いあがった。そこで翼《つばさ》をたたむと、かぎ爪《づめ》をむき出して恐《おそ》ろしい速度で急降下《きゅうこうか》してきた。

「ゲルプサール！　ジャマール、ゲルプサール！」

あわてて声をかけると、ジャマールはすばやく方向を変え、攻撃《こうげき》をかわすためにさらに高く舞いあがった。でも、あまりにもたくさんのガーゴイルが次々と襲《おそ》いかかってくる。ジャマールは体をこわばらせて怒《いか》りのうなり声を上げると、勢いよく炎《ほのお》を吹《ふ》き出した。

パンテオンはどこにいるんだ？

ガーゴイルに背中《せなか》のぼくらを襲わせまいと、ジャマールは必死でがんばっていた。

体をひねったり急に向きを変えたりするので、ぼくらも必死でしがみつく。トーチャーもそばを通るガーゴイルに、火を吐《は》いて攻撃《こうげき》している。

ガーゴイルをかわしながら円を描《えが》いて飛んでいたせいで、ぼくらはまた川を渡《わた》っていた。ジャマールは聖堂《せいどう》のある島に向かう途中《とちゅう》で、高度をがくんと落とした。ガス灯がともる場所へ急降下《きゅうこうか》したので、御者《ぎょしゃ》と馬がびっくりして馬車は横倒《よこだお》しになり、犬は吠《ほ》え続けた。ジャマールはまた高度をあげたけれど、ガーゴイルたちの攻撃はさらにひどくなるばかりだ。

3つの群れをやりすごしたところで、ジャマールの翼《つばさ》の動きが今までになく遅《おそ》くなった。すっかり疲《つか》れ果ててしまっているのだ。ガーゴイルがジャマールにとどめをさし、ぼくらがかぎ爪《づめ》で引き裂《さ》かれるのは時間の問題に思えた。

ぼくらは今、丘《おか》の上に見える別の聖堂に向かって飛んでいた。その屋根からも別の3つの群れが飛び立った。いらだったベアトリスが怒鳴《どな》った。

「本当に街中、どこにでもいるのね！」

ジャマールは左から来た一団を火を吐《は》いて遠ざけ、右に迫《せま》った一団を急な方向転《てん》換《かん》で避《さ》けた。でもぼくらがちょうど大きな墓地の上を通っているとき、ガーゴイルの大群が一度に攻撃《こうげき》をしてきた。ジャマールの真下に潜《もぐ》りこんでいた一団が一斉《いっせい》に体当たりをしかけてきたのだ。ガーゴイルが何度もジャマールのおなかにぶつかる、鈍《にぶ》いいやな音がぼくにも聞こえた。

ついにジャマールは、石のように空中を落下していった。暗闇《くらやみ》の中で墓石や墓碑《ぼひ》がみるみる目の前に迫ってくる。

「助けて、パンテオン！」

ぼくは叫《さけ》んだ。それっきり何もわからなくなった。

第10章　ガメイさんの家

ガーゴイル自身も、崖《がけ》を捨《す》てて、パリの空の下にねぐらを求めたのがいつのことだったか、もはや覚えてはいない。

——ドラゴンの種類による主な特徴《とくちょう》『リベル・ドラコニス』より

目が覚めたとき、おなかは減っているは喉《のど》はかわくは、おまけにそこらじゅうが痛《いた》かった。とりわけ頭が痛んでいた。小さな窓《まど》から太陽の光が部屋いっぱいに射《さ》しこんでいる。まぶしさに慣れると、だれかがベッドの横に座《すわ》っているのに気がついた。

「ベアトリスなの？」と、ぼくはささやいた。

「ダニエル！　目が覚めたのね。気分はどう？」

ベアトリスはぼくに抱《だ》きついた。

「頭がひどく痛《いた》いけど、ほかは大丈夫《だいじょうぶ》。ベアトリスとトーチャーはどうなの？」

「私も体中が痛いだけ。トーチャーも元気よ」

ベアトリスがベッドの掛布《かけぬの》を持ち上げると、ベッドの下に『リベル・ドラコニス』を抱《かか》えたトーチャーがいた。聖杯《せいはい》も一緒《いっしょ》だ。

「ここはどこ？　ぼくたち、どうやって助かったの？」と、ぼくは言った。

「ここはガメイさんの弟の、ベルナルドさんのおうちよ。フランスのドラゴン学協会の本部でもあるの。ベルナルドさんは昨夜《ゆうべ》、パンテオンと一緒に私たちを墓地から連れ出してくれたのよ。私は歩けたけど、あなたは意識がなかったから、ずっと背負《せお》ってもらわなきゃいけなかった。パンテオンはジャマールに、本当にまずいことが起きたら、私たちをパリへ連れてくるように教えていたんですって。ベルナルドさんも日頃《ひごろ》から望遠鏡《ぼうえんきょう》をのぞいて空に注意していたわけ」

「パンテオンはどうしてたの？」

「昨日は入れ違《ちが》いになったのよ。宝物《たからもの》を受け取りにドレイク城《じょう》に行ったら城《しろ》はもぬけのからで、ジャマールもいないでしょ。すぐに何かあったと気づいて、全速力でパリへ飛んでもどってきたんですって」

「ジャマールは大丈夫？」

「怪我《けが》をしたけど、今は安全な場所にいるわ。あとで様子を見にいくつもりよ。もし起きられるようなら、下に降《お》りてベルナルドさんにお礼を言いましょう」

ベアトリスが用意してくれた水を飲み、果物《くだもの》を食べているうちに、気分はずっとよくなった。ぼくらはトーチャーと宝物を抱えて階下《かいか》に降り、ぼくは初めてベルナルド・ガメイさんに会った。ベルナルドさんは背が小さく、東洋風なものが好きな人みたいだ。絹《きぬ》の上着には龍《りゅう》が刺繍《ししゅう》されていて、上履《うわば》きも中国風《ちゅうごく》だった。

「具合はどうかね」

ぼくはさしだされたベルナルドさんの手を握《にぎ》った。

「頭痛《ずつう》がするぐらいです。もう大丈夫《だいじょうぶ》だと思います」

「ドレイク博士の教え子に会えるなんて、本当にうれしい。たとえ不運なめぐり合わせの結果でもね。姉から君のことをいろいろ聞いているよ。さあ、仕事場へおいで。あまり時間はないが、話さねばならないことがいっぱいだ」

ベルナルドさんの仕事場は天井《てんじょう》の高い部屋だった。壁《かべ》いっぱいに作られた窓《まど》から光が射《さ》しこんでいる。絵の具や画架《がか》、筆や絵に、ドラゴンの絵や彫刻《ちょうこく》がそこらじゅうにあった。トーチャーはあたりのにおいをかいでまわっている。

「ジャマールは元気になりましたか」と、ベアトリスがきいた。

「まだ寝《ね》ているよ。これから見舞《みま》いに行こうと思うが、気をつけなければいけない。少ない人数だが、君らを目撃《もくげき》した人はいるからね」

第10章　ガメイさんの家

ぼくとベアトリスは顔を見合わせた。

「パンテオンが君らの任務について教えてくれた。S《エス》.A《エイ》.S《エス》.D《ディー》.の宝物《たからもの》の二つを持ってきたんだろう。でも、アレクサンドラ・ゴリニチカの手下がどこにいるとも限らないからね。気をつけるにこしたことはない」

ベルナルドさんはぼくらに椅子《いす》を勧《すす》めながら続けた。

「君たちだけでも、よく逃《に》げてこられたと思うよ。姉とアメリカから来た女の子の行方《ゆくえ》は、わからなくなっているんだ。ダーシーはなんとか逃《に》げ出せて、今はロンドンのチディングフォールド男爵《だんしゃく》の屋敷《やしき》にいる。ダーシーが知らせてくれてはじめて、何が起きたかがわかったんだ」

「これからのことについて、パンテオンと話せますか」と、ぼくはきいた。

「パンテオンは昨夜《ゆうべ》、右の翼《つばさ》がひどく破れる怪我《けが》をしたんだ。ガーゴイルの怪我は治りやすいが、遠くまで飛べるようになるにはまだ何日か、かかるだろう」

「どうしてガーゴイルは襲《おそ》ってきたのかしら」

「なわばり意識が特に強いドラゴンだから、人間を二人も乗せている見知らぬワイバーンを見過ごしにはできなかったんだよ。ゴリニチカも、最悪の敵はおせっかいなドラゴン学者だと、若《わか》いガーゴイルに吹《ふ》きこんでいたからね」

「どうしてガーゴイルはゴリニチカなんかの言うことをきくんですか」

「ゴリニチカに手を貸せば、パリから人間を追いだせると信じているのだ。昨夜はなんとか食い止めたが、君たちの居場所が知れれば必ず襲ってくるだろう」

「パンテオンは今、どこにいるんですか」

「昼間に街を飛ぶにはパンテオンは大きくて目立つ。暗くなったら出てくるよ」

ベルナルドさんは戸棚《とだな》から肩《かた》マントを二つと、すごく大きなかばんを取り出した。

「宝物《たからもの》はこのかばんに入れて。マントはちょっぴり風変わりに見えるかもしれないけど、トーチャーを隠《かく》すにはもってこいだ」

ぼくらは杯《さかずき》と本を布で包《つつ》むとかばんの中に入れた。上からマントを着たけど、少し大きかった。ぼくがかばんを持ち、ベアトリスがトーチャーを抱《だ》きあげて、マントの下に隠した。トーチャーは鼻先だけでもつき出そうと、もぞもぞしてる。

「おとなしくしていて、トーチャー！」と、ベアトリスが言った。

ぼくらのいでたちは相当へんてこだったけど、気にしないことにした。ベルナルドさんと一緒《いっしょ》に家を出ると、表通りに出た。大勢の人がいそがしげに行き来していて、だれもぼくらのことを気にする暇《ひま》はなさそうだった。ベルナルドさんは道沿《みちぞ》いにある門のところへぼくらを連れていった。それは、小さなブドウ園の入口だった。

ブドウ園の中を通る小道を行くと、石造《いしづく》りの古い家があった。ベルナルドさんが重い扉《とびら》の鍵《かぎ》を開けると、内側には石の階段《かいだん》があった。それを降《お》りるとアーチ型の天井《てんじょう》に、床《ゆか》には藁《わら》が敷《し》きつめられた大きなひんやりした部屋にたどり着いた。ワインの貯蔵庫《ちょぞうこ》なんだそうだ。その部屋の一番奥《おく》の暗がりに、見慣れた姿《すがた》が丸くなっていた。

「ジャマール、友だちを連れてきたよ！」

ベルナルドさんが声をかけると、年若《としわか》いワイバーンは藁の上で寝転《ねころ》んだまま、うーん、とのびをして、目を開けた。

「プルルルライシク　ホヤルルルリ」と、ジャマールが言った。

「プライシク、シュムル」と、ぼくもドラゴン語で答えた。トーチャーはベアトリスの腕《うで》からぴょんととびおりると、ジャマールのそばで丸くなった。ジャマールは息を一つ、ふっと吐《は》くと、再び目を閉《と》じた。

「ジャマールの怪我《けが》の具合はどうなんですか？」と、ぼくはきいた。

「引っかき傷《きず》がいくつかあるぐらいで、そんなに悪くはない。でも初めての長距離《ちょうきょり》飛行にくたびれ果てている。彼《かれ》には睡眠《すいみん》が必要だ。じきに起きるだろう」

ぼくらはうろこで覆《おお》われた、ジャマールのざらざらした頭をなでた。

「ドラゴン協会がパンテオンに依頼《いらい》したのは、ロンドンから持ってきた本と杯《さかずき》をドレイク博士に届《とど》けることだ。だがパンテオンが負傷《ふしょう》した今、別の方法を見つけなくてはならない。フランスのドラゴン・マスターと相談してくるよ」

「一緒《いっしょ》に行っちゃだめですか？」と、ベアトリス。

「フランスのドラゴン・マスターは政府の中でもかなりの高官で、彼《かれ》は正体を知られたくないんだ。だから、ここで待っていてほしい。数時間でもどってくるから」

ベルナルドさんが足元の藁を左右に払《はら》うと、床に小さな引き上げ戸が現れた。

「この下には非常事態に備えて、フランスドラゴン学協会が用意した物がそろっている。二人分ずつあるから、もし私がもどってくる前におなかがすいたり、喉《のど》がかわいたりしたら、この下のものを好きに使ってくれていいよ」

ベルナルドさんが出かけてしまうと、ベアトリスとぼくはワイン貯蔵庫《ちょぞうこ》の鍵《かぎ》を内側から閉《し》めた。まず、ぼくらはトーチャーと遊んでやった。トーチャーはそこらじゅうを夢中で駆《か》け回りながら、時々ジャマールの様子をうかがいに行く。そうやって1時間ぐらいすると、トーチャーはジャマールの隣《となり》で丸くなって眠《ねむ》ってしまった。

「おなかすいたわ」と、ベアトリス。

「ぼくもだ。床下《ゆかした》に何があるか、見てみようよ」

床から戸を引きあげると、短いはしごが狭《せま》くて天井《てんじょう》の低い小部屋に続いていた。壁際《かべぎわ》に置かれた木の箱の中に、いろんな道具が入っていた。大きな耐炎性《たいえんせい》マントや小さな鏡、ゴーグルや皮の帽子《ぼうし》などが二つずつ。本も2冊《さつ》あって、1冊は縮小版《しゅくしょうばん》世界地図、もう1冊はフランスの詳細《しょうさい》な地図だった。世界地図にはだれかの短い書きこみがあった。もしかしたら、その国で会ったドラゴンの記録かもしれない。

「たいした装備《そうび》ね！　でもドラゴン用の鞍《くら》がないわ」と、ベアトリス。

ベアトリスは水がたっぷり入った2本の大きな錫《すず》の瓶《びん》と、フランス語で「食料」と書かれた箱を見つけた。箱の中に入っていたのは細長く切って干《ほ》した肉や魚、乾《かん》燥《そう》させた豆や胡椒《こしょう》がほとんどで、水に浸《ひた》したり料理したりする手間をかけないで食べられそうなものは、大箱の船員用《せんいんよう》ビスケットだけだった。

ビスケットはもそもそしていたけど、水と一緒《いっしょ》になんとか飲みこんだ。ベルナルドさんはまだもどってこない。

ジャマールが身動きして、目を覚ました。立とうとはせず、横になったまま静かにぼくらを見ている。外では太陽が沈《しず》みかけており、街はしだいに暗くなってきた。ベアトリスもぼくもだんだん心配になってきた。

「居場所が知れたら、ガーゴイルが襲《おそ》ってくるかもしれないって、ベルナルドさんが言ってなかった？」

「日が暮《く》れたら、パンテオンが訪《たず》ねてくるとも言っていたわ。それにしても、ベルナルドさんがまだもどってこないのは、おかしいわね」

ぼくらは階段《かいだん》をのぼり、扉《とびら》の脇《わき》にある小さな窓《まど》から街の空の様子をうかがった。しばらくすると、見慣れた姿《すがた》がこのワイン貯蔵庫《ちょぞうこ》をめざして、まっすぐ飛んでくるのが見えた。

パンテオンはブドウ園に降《お》りると、貯蔵庫まで歩いてきた。その動きはいつもよりぎこちなかった。右の翼《つばさ》には深い切り傷《きず》があり、傷口は皮ひものようなもので縫《ぬ》い合わされていた。顔や体にも、傷やあざが散っていた。

ベアトリスが鍵《かぎ》を開けるとあたりを確認《かくにん》しながら、パンテオンはすばやく貯蔵庫に身をかがめて入ってきた。

「プライシク　ボヤール！」と、ぼくは挨拶《あいさつ》した。

「プルルルライシク　ホヤールルリ」と、パンテオンが答えた。

ジャマールは立ちあがると、パンテオンを迎《むか》えた。トーチャーはパンテオンのまわりをぐるぐる走り回り、背中《せなか》をパンテオンの足にこすりつけた。

「子どもたちよ、よくやった！」と、パンテオンが言った。

「これ以上は、望めぬほどのできばえだ。イギリスドラゴン協会の期待に、君らは見事応《こた》えた。しかし災難《さいなん》はまだ終わってはおらぬ」

「あのガーゴイルたちのこと？　私たちの居場所が知られたのかしら？」

心配そうにベアトリスがきいた。

「それはそれで懸念《けねん》されるが、私はベルナルド・ガメイが心配なのだ。彼《かれ》は今日、会合に現れなかったのだ」と、パンテオンが答えた。

「どういうことですか？」と、ぼくは叫《さけ》んだ。

「フランスのドラゴン・マスターも一緒《いっしょ》に、姿を消した。パリはドラゴン学者にとってきわめて危険《きけん》な街となってしまった」

「じゃあ、私たちはこれからどうしたらいいの？」

「それを伝えるため、ここへ来た。我々《われわれ》ドラゴンは『ドラゴン・アイ』をめぐる冒《ぼう》険《けん》で、君たちが見せた働きにいたく感銘《かんめい》を受けた。今回の宝物《たからもの》の奪取《だっしゅ》とパリへの逃《とう》避行《ひこう》についても同様」

「ジャマールが助けてくれなければ、不可能でした」と、ぼく。

「それからトーチャーの助けもね」と、ベアトリス。

「まさしく。そして今、我々は君たちが『リベル・ドラコニス』とセント・ペトロックの聖杯《せいはい》をドレイク博士の元へ届《とど》けてくれることを希望する。君たちはまずジャマールに乗って、彼《かれ》の生まれ故郷《こきょう》である東アフリカへ飛ばなければならない。ヴィクトリア湖の向こう、偉大《いだい》なるナイル川の源《みなもと》の先に、広大な盆地《ぼんち》がある。ンゴロンゴロとよばれるその盆地には、ウワッサという名のワイバーンが棲《す》んでおる。そのドラゴンはドラゴン・エクスプレスの一員だ。君たちはそこからドラゴン・エクスプレスを使って、ジャイサルメールに向かわなければならない」

「シュムル　アルグルルルリ　ヤーヤー　ウフルルルクウ！」と、ジャマールも興奮《こうふん》したように言った。

「でもどうして私たちなんですか？」と、ベアトリスがきいた。

「ドラゴン協会が宝物《たからもの》の取りよせに君たちを選んだのは、最も信用に足ると考えたからだ。ドラゴン・マスターの弟子である上……」

パンテオンの話は突然《とつぜん》外から聞こえてきた音に中断された。何かが扉《とびら》にぶつかるドシンという音と低いうなり声が聞こえる。窓《まど》からのぞいて、ぼくらの最悪の予想が当たったことを知った。7、8体の怒《おこ》ったガーゴイルが、貯蔵庫《ちょぞうこ》の外に集まってきていた。

「なんたること！」

パンテオンは苦々しげに小さくつぶやいた。

「すみやかに行動せねばならない。旅に必要な物を集めよ。私が別の扉《とびら》から外に出て、追っ手を引きつける。あたりからガーゴイルがいなくなり次第、君たちだけで行くのだ」

「でも、あなたが一緒《いっしょ》に来てくれなきゃ！　私たちでアフリカまで飛ぶなんて無理です。何よりも、ドラゴン・エクスプレスの合言葉も知らないし！」

両手をしぼるようにして訴《うった》えるベアトリスを諭《さと》すように、パンテオンは言った。

「合言葉はある。本にドラゴンの炎《ほのお》を当てて読むがよい。もはや時が尽《つ》きた。ドラゴン・マスターを助けるべく、出立《しゅったつ》の準備をせよ」

第11章　パリからの逃走《とうそう》

鮭《さけ》が生まれた川を必ず遡《さかのぼ》るように、故郷《こきょう》を離《はな》れたドラゴンも故郷へ帰るときには、どんな危険《きけん》があろうとものともしない。

――人間と他《ほか》の動物の比較《ひかく》『リベル・ドラコニス』より

ぼくらが床下《ゆかした》の備蓄《びちく》から持っていけそうなものを、二つの肩《かた》かけかばんに詰《つ》めこんでいる間も、扉《とびら》への体当たりはずっと続いていた。耐炎性《たいえんせい》のマントをたたんで間に合わせのドラゴン用の鞍《くら》を作ると、まずベアトリスがトーチャーと宝物《たからもの》の入ったかばんを抱《かか》えて、ジャマールの背中《せなか》にのぼった。ぼくは外の気配をうかがうために戸口に立った。パンテオンはワイン貯蔵庫《ちょぞうこ》の後ろ側にある戸口からそっと滑《すべ》り出していった。一瞬《いっしゅん》、外が静かになったかと思うと、何かがひどくぶつかる音と、すさまじく大きな、喉《のど》を鳴らす音が聞こえてきた。

外の物音から、パンテオンの作戦がうまくいったことがわかった。まわりからガーゴイルの気配がなくなったことを確信して、ぼくは扉《とびら》を勢いよく開けた。ジャマールの背《せ》にとび乗ったときには、心臓《しんぞう》が口から飛び出すほどドキドキしていた。

ジャマールはブドウ園の暗くなりかけた斜面《しゃめん》にとび出すと、2、3歩走っただけでふわりと宙《ちゅう》に浮《う》いた。貯蔵庫《ちょぞうこ》の反対側から怒《いか》りに満ちたうなり声が聞こえてくる。

「パンテオンは大丈夫《だいじょうぶ》かな」

ぼくは風に逆らって叫《さけ》んだ。

「無事でいてほしいわ」と、ベアトリスも叫び返してきた。

ジャマールが翼《つばさ》を力強く打つたびに、ぼくらはどんどんブドウ園とパンテオンから離《はな》れていく。濃《こ》くなっていく夕闇《ゆうやみ》の中、パンテオンがぼくらから離れるように南のほうへ旋回《せんかい》し、膨大《ぼうだい》な数のガーゴイルに取り巻《ま》かれているのが見えた。さらに南から別の大群が、まるで黒い雲のように街の屋根から飛び立っていった。

ジャマールは川を越《こ》え、聖堂《せいどう》のある島を過ぎ、パリの南端《なんたん》までやってきた。後ろをふりむくと遠くでガーゴイルの大群が二つ、もつれあっているのが見えた。ぼくが見ているうちに二つの群れは高みにのぼっていった。上空にかすかに炎《ほのお》がひらめき、うなり声が降《ふ》ってくる。このときになって、パンテオンがぼくらに追いつくことは本当にもうないのだと思い知った。ぼくらは逃《に》げきることができたけど、ぼくらだけで、アフリカをめざさなければならなくなったのだ。

ジャマールはこの日、パリに来るときよりもずっと遠くまで飛んだ。明け方まで飛び続けたのだ。ベアトリスもぼくも、昼に目撃《もくげき》される危険《きけん》を冒《おか》すよりは、夜に距《きょ》離《り》を稼《かせ》いだほうがいいと考えたのだ。

地平線に太陽が現れる頃《ころ》には、ジャマールも疲《つか》れたようで、ぼくらも降《お》りる頃だと思った。

「ケラマバク！　ケラマバク！」と呼《よ》びかけると、ほっとしたことに今度はジャマールが応《こた》えてくれた。翼《つばさ》をゆっくりと打ち、着陸《ちゃくりく》の態勢《たいせい》に入った。

目の前には高い丘《おか》があり、その頂上《ちょうじょう》には死火山の噴火口《ふんかこう》のようなくぼみがある。ジャマールは降《お》りられそうな場所を探《さが》して丘の裾《すそ》野《の》を回り、低い斜面《しゃめん》にある農場の上を飛んだ。ジャマールが見つけた着陸地点は、大きな家の裏《うら》の芝地《しばち》だった。女の人が洗濯物《せんたくもの》を干《ほ》していたが、ジャマールは気にせず高度を下げはじめた。

「だめだよ、ジャマール！」と、ぼくは呼びかけた。「シュムル、マイ！」

ジャマールは翼を打つと、別の場所が見つかるまでもう少し飛んだ。今度見つけたのは、小さな雑木林の中の空き地で、そばには小川が流れている。

「いいんじゃないかな！　ケラマバク、シュムル！」

ジャマールが再び高度を下げはじめたとき、今までに一度も、ジャマールに乗ったまま、ちゃんと着地したことがないことに気がついて、息が止まりそうになった。セント・レオナードの森では地面に激突《げきとつ》していた。あれから進歩したんだろうか。

「しっかりつかまって」と、ぼくはベアトリスに言った。

あと3メートルぐらいで地面というときになって、ジャマールは下に向かって脚《あし》をつき出し、落下速度がゆっくりになるよう何度かはばたいた。空き地の真ん中に、ジャマールは膝《ひざ》を使って降り立ったが、それでもぼくらには十分、衝撃《しょうげき》が強かった。ぼくとベアトリスとトーチャーはそろって、きれいに背中《せなか》から転がり落ちた。ベアトリスは幸運にも、落ちた拍子《ひょうし》に木の枝《えだ》につかまることができたし、トーチャーは自前の翼で滑空《かっくう》して地面に降りた。口にはしっかりと『リベル・ドラコニス』をくわえて。ぼくは、イバラの薮《やぶ》につっこんでしまった。

「たいした着陸だよ、ジャマール！」

文句を言うと、ジャマールは鼻先でぼくをつついてイバラから出してくれた。

ジャマールは小川に近づくと、音をたてて水を飲みはじめた。トーチャーもそれにならった。イバラの薮《やぶ》から出てきたとき、ぼくはパリに着いたときより体がずっと楽なことに気づいた。ジャマールに乗るのに少し慣れたのだ。

焚火《たきび》のまわりで船員用《せんいんよう》ビスケットを食べながら、ぼくはベルナルドさんのところから持ってきた世界地図をめくってみた。フランスのページを見ると、さっき見かけた死火山の火口のようなところは、オーベルニュ火山地帯公園の中のピュイ・ド・ドームだ。遠くに見えたのは、きっと有名な聖堂《せいどう》のある大きな町だ。

ジャマールはトーチャーを連れて、ぼくらのそばに落ちついた。ぼくも背中《せなか》をジャマールの脇腹《わきばら》に預けてのんびりしていたら、ベアトリスが言い出した。

「今のうちに合言葉を探《さが》しておかない？　パンテオンは『リベル・ドラコニス』にドラゴンの炎《ほのお》を当てて読めってて言ってたわよね」

「薬の作り方も見つかるかな。ドラゴンのどんな病気も治せるってやつ」

　本にしがみついているトーチャーをなんとかなだめて、『リベル・ドラコニス』を取りあげると、トーチャーから少し離《はな》れたところに置いた。

「さあ、仕事の時間だよ、おちびさん」

　ぼくがトーチャーのあごの下をくすぐると、今までで一番大きな炎を吐《は》き出した。

「いい子だ、トーチャー！」

　ぼくは大きな声でほめてやった。

　炎が本を包みこむと、表紙に文字が光り

ながら浮《う》かびあがってきた。火傷《やけど》しないようにドラゴンの皮を使って、ぼくらは慎《しん》重《ちょう》にページをめくっていった。

本の中には絵がいっぱいあった。文字だけだと思っていたから本当にびっくりした。ヨーロッパドラゴンの絵があったり、ヨーロッパの古い地図があったり、今とは全然違《ちが》う服を着た人々の絵があったりした。これは本というよりも日記のようで、それぞれの書きこみは日付から始まっていたけど、並《なら》び方がおかしい。何ページも真っ白なページがあったかと思うと、今度はまったく違う言葉で書かれていたりする。

頭から3分の1ぐらいめくったところで、ぼくらはなんとか読めそうな英語の日記を見つけた。

第11章　パリからの逃走

１３５０年　４月の９番目の日
セント・ジャイルズ近く、ソーホー野の桟橋《さんばし》にて
これは「長脛王《ながすねおう》」と呼《よ》ばれた、エドワード一世の時代（１２３９―１３０７）の話である。イギリスのセント・ジョージがドラゴンを退治して名をあげると、彼《かれ》の主君たるエドワード一世はすべてのドラゴンの死を望んだ。だが一方イギリスには、ドラゴンと友好関係にある「ドラコマンサー」という一団があった。かれらは賢《かしこ》く優《すぐ》れた人々だが、詳《くわ》しいことは隠《かく》されている。そのドラコマンサーの一人が「善《よ》きベアトリス・クローク」だ。ベアトリスは私が、エドワード一世とその軍勢に立ち向かおうとしたときに助けてくれた。またベアトリスはすべての戦闘《せんとう》が終わったとき、エドワード一世がドラゴンを殺すのに使った道具を、「流れる水の下の深き洞《どう》窟《くつ》」に隠した。恐《おそ》ろしい黒の粉と、黄色と赤の毒が永遠に洞窟に封印《ふういん》されんことを祈《いの》る。そして、ベアトリスの12の宝《たから》を、生きているドラゴンで守るのだ。

ぼくらが読み終わると、文字は消え始めた。ベアトリスがつぶやいた。

「私、『リベル・ドラコニス』は、修道士のギルダス・マグヌスが書いたんだと思っていたけど、これじゃまるでドラゴンが書いたみたい」

「合言葉を見つけるのも難《むずか》しそうだよ。言葉のつづりも今とは違《ちが》うし、わからない言葉も混じってる」

「古い英語で書かれているせいよ。ベアトリス・クロークは授業で習ったから覚えているけど、洞窟《どうくつ》に隠《かく》された毒って一体、何のことかしら」

「それにもし、これをドラゴンが書いたんだとしたら、どうしてバラバラな国の言葉で書いたんだろう。間にはさまっている白いページの意味は？」

「私にもわからない。とにかくンゴロンゴロに着く前に合言葉を見つけなきゃ。さもないと、私たちの旅は失敗に終わるわ」

そのあと、あちこち探してみたけれど、合言葉も、どんなドラゴンの病気も治《なお》すという薬の作り方も見つからなかった。

その晩《ばん》、ぼくらは再びジャマールに乗った。足下にピンク・フラミンゴが雲のように舞《ま》いあがるのを見たりしながら、小さな山並《な》みを越《こ》えて飛び続けた。晴れた寒い夜で、ベルナルドさんがくれた肩《かた》マントがあって本当に助かった。夜が明ける頃《ころ》、ジャマールは岩がちな山腹《さんぷく》に降《お》りた。そこはピレネー山脈の外れで、ジャマールが着陸地点に選んだ滝《たき》のそばの斜面《しゃめん》では、ヤギの群れが草を食べていた。斜面に降りるのは、平地に降りるよりもやさしいらしく、今度はぼくらも背中《せなか》にしがみついたままで着陸できた。

トーチャーは例の鳥の雛《ひな》の格好で、おなかがすいたと訴《うった》えているし、ぼくらも船《せん》員用《いんよう》ビスケットよりおいしいものが食べたくなっていた。ぼくとどちらが適任かを相談して、ベアトリスが途中《とちゅう》で見かけた村へ食料調達に出かけることになった。

2時間ぐらいで帰ってきたとき、ベアトリスのかばんの中はヤギ肉と鶏肉《とりにく》の切れ端《はし》でいっぱいだった。ベアトリスが出かけている間に焚火《たきび》の用意をしておいたので、ぼくらはさっそく鶏肉《とりにく》を焼くことにした。トーチャーはあっという間にヤギ肉を片《かた》づけてしまうと、ジャマールの回りをぐるぐる走って遊びだした。ジャマールは全然おなかがすいていないようだった。それにもかかわらず、なぜか焚火のところまで歩いてくると、肺《はい》いっぱいに空気を吸《す》いこんだ。

「シュムル、マイ!」と、ベアトリスは叫《さけ》んだが、遅《おそ》すぎた。ジャマールが炎《ほのお》を吐《は》き出し、焚火も後ろの茂《しげ》みも鶏肉も、一瞬《いっしゅん》ですべてが灰《はい》になっていた。

「ちょっと火が通り過ぎちゃったみたいね」と、ベアトリスはジャマールの行き過ぎた好意で燃えかすになってしまった鶏肉を指先でつまんだ。

「ビスケットもそう悪いもんじゃないよ」と、ぼくはなぐさめた。

食事のあと、ぼくらはトーチャーに火を吐かせて『リベル・ドラコニス』を読んだ。表紙に文字が浮《う》かびあがると、ドラゴン・エクスプレスの合言葉を求めてページをめくった。英語で拾い読みできる部分に、合言葉らしきものはないかと探《さが》していくと、本の真ん中くらいのところに英語とドラゴン文字の両方で見出しがついているところを見つけた。「1566年　8月の26番目の日　カデル・イドリス　実《じっ》践的《せんてき》なこと」と書いてある。

でもそれ以上読むことはできなかった。トーチャーが低くうなりはじめたのだ。本に熱中するあまり、谷間をこちらのほうへ上がってくる人の気配に、ぼくらは全然気がつかなかったのだ。

「きっとだれかが焚火に気づいたんだわ！」と、ベアトリスが小さく叫《さけ》んだ。できるかぎりの早さで、まだ真っ赤に焼けている『リベル・ドラコニス』を耐炎《たいえん》性《せい》のマントで包むと、他《ほか》の持ち物を大急ぎでまとめてジャマールの背《せ》に乗った。ジャマールももう心得たもので、ほんの短い助走でふわっと舞《ま》いあがった。下には村人の一団が驚《おどろ》きで目を大きく見開いて、ぼくらを見あげていた。空飛ぶドラゴンとおかしな子どもたちの話なんて、だれも信じませんように。
その夜、ぼくらはスペインを横断した。牛とか馬の群れがいるだけの、がらんとした広大な平野に出るまでにたくさんの山を越《こ》え、低い丘《おか》を過ぎた。『ドン・キホーテ』を読んだときから、いつかは見たいと思っていた風車の小さな集まりがちらほら見えたのはうれしかった。とうとうぼくらは南の海岸線に出た。明け方に風の強い、人気《ひとけ》のないタリファの海岸に降《お》りた。ジャマールは着地がずいぶんうまくなった。とはいえ、着地したときに巻《ま》きあがった砂《すな》で、ぼくらはすっかり砂まみれになった。

その日は乾燥《かんそう》した豆と干《ほ》し肉を胡椒《こしょう》で煮《に》て食べた。特においしいというわけではなかったが、ビスケット以外のものを口にできたのは、気分が変わってよかった。

それから前日あまり読めなかった『リベル・ドラコニス』の、「1566年　8月の26番目の日　カデル・イドリス」のページを探《さが》して読んだ。大きな宝石《ほうせき》の絵がのっていて、そのまわりを、自分のしっぽをくわえた細長いドラゴンが、くるりと巻いていた。

「これはS.《エス》A.《エイ》S.《エス》D.《ディー》の宝物《たからもの》の一つ、魔術師《まじゅつし》マーリンのお守りの絵だわ」

「見て！　横にドラゴン文字で呪文《じゅもん》が書いてある。これがあればドラゴンに言うことを聞かせられるんじゃなかったっけ。合言葉なんかなくっても、ぼくたちはドラゴン・エクスプレスに乗れるんじゃない？」

「ダニエル、ドラゴンをあやつることが私たちの目的じゃないでしょ。ドラゴンを守って保護するために、ここにいるのよ」と、ベアトリスが重々しく言った。ぼくはうめいたが、ベアトリスが言うことはまったく、正しかった。

　ぼくらはさらに何ページもめくって、聖杯《せいはい》の絵がのっているページを見つけた。1ページに一つずつ、聖杯が書いてある。それぞれの聖杯にはルーン文字で言葉が書きつけてあって、その下に同じくドラゴン文字で短い記述がある。文字が消えないうちに急いで読んでみると、呪文《じゅもん》と薬の材料と、その配合だとわかった。火に耐《た》える呪文、アンフィテールの赤《あか》ん坊《ぼう》にごはんを食べさせる呪文、見えないインクをドラゴンのうろこから作る方法だった。書いてあることが見えないページがある本に、こんなものの作り方がのっているのは、ちょっと変な気分だった。他《ほか》にはドラゴンの糞《ふん》の使い方の一覧《いちらん》なんかもあった。

それからぼくらは、空とぶじゅうたんの絵があるページを見つけた。じゅうたんの四方は見出しのついた4枚《まい》の絵で囲まれて、それぞれ4体の違《ちが》う種類のドラゴンが飛んでいるところが描《えが》かれている。絵柄《えがら》はゾウのいる丘《おか》、船が浮《う》かぶ海、城《しろ》の上、そしてラクダの連なる砂漠《さばく》と全部違《ちが》うけど、どれもが人を乗せている。そのページの一番下には、すごく長い単語がたったひとつだけ書いてあった。

「これ、なんだろう。ドラゴンの絵と関係しているのかな」

「合言葉かもしれない。読んでみましょう」と、ベアトリスが身を乗り出した。

空とぶじゅうたんの絵に添《そ》えられたドラゴン文字はすぐ読めた。「9月の19番目の日、アヴァロンにて　不死鳥の羽根の呪文《じゅもん》」だ。でも4枚のドラゴンの絵にそれぞれつけられている見出しと、一番下の長い単語は読めなかった。見た目にはドラゴン文字で書いてあるように見えるのだけれど、ぼくらが習ったのとは違う種類の文字なのかもしれない。もしかしたら合言葉かもしれないと思っていた長い単語も同じで、その日はそこで文字が消えて終わりになった。ウワッサのところまでたどり着いたとしても、合言葉がわかっていなかったら、どうなっちゃうんだろう?

その夜も、ぼくらはジャマールの背中《せなか》に乗って出発した。海を越《こ》えてモロッコに入ると、眼下に広がる土地はみるみる乾《かわ》いた砂漠《さばく》になっていった。緑が見える海岸線を南下していくと、砂漠は海岸線近くまで広がってきた。これまでの旅の間、1体のドラゴンも見かけなかったけれど、北アフリカを横断していた2晩目の夜明け前に、ぼくはたしかに1体見かけた。ひどく遠いところにいたのであまりよくはわからなかったが、あれはジャマールと同じワイバーンだったと思う。そいつは近づいてはこなかったけど、もし親切なドラゴンだったら、ぼくはきっとあのドラゴン文字のことを聞いていたに違《ちが》いない。

この日、焚火《たきび》の横に座《すわ》っている間、ぼくの頭は、行方《ゆくえ》のわからなくなった人のことでいっぱいだった。ニーアとガメイさんは大丈夫《だいじょうぶ》だろうか。ドレイク博士はお父さんたちを見つけてくれただろうか。ベアトリスがそばに来た。

「何を考えているの？」

「お父さんたちやニーアや、パンテオンのことだよ」

ベアトリスは勇気づけるように、ぼくの手をぎゅっと握《にぎ》った。

「私たちにできることをやりましょう、ダニエル。私たちの任務に集中して、成功させましょうよ。みんなが無事であることを祈《いの》りましょう。『心配しているだけでは、どこにもたどり着けない』って、いつもお母さんが言っていたでしょう？」

次の日、ぼくらは『リベル・ドラコニス』に興味深いところを見つけた。あのドラゴン文字を読むための語彙集《ごいしゅう》のようなものがないか、ドラゴン・エクスプレスについて書いてあるところはないか探《さが》すうち、呪文《じゅもん》がいろいろ書いてあるページから30ページほど先に、ぼくらの英語に近い言葉で書かれた部分を見つけたのだ。

１７６５年６月の１番目の日　失われたドラゴンの島にて

病気について

病気は、興味をそそられる研究対象だ。人間はよく病気にかかるが、ドラゴンはめったに病気にかからない。私が各地を旅していた若《わか》い頃《ころ》、ドラゴンの間に病気が流行したことが一度だけあった。ドラゴンを嫌《きら》った王が王国中のドラゴンを退治する手だてを求めて、各地に使いを出した。使いに出された賢者《けんじゃ》たちはドラゴンを冒《おか》す疫病《えきびょう》を見つけ、恐《おそ》ろしい黒い粉の形でばらまいた。多くのドラゴンがその病気に倒《たお》れる中、治療薬《ちりょうやく》が見つかった。それは大昔、ドラゴンを治療した者の名前がつけられた聖杯《せいはい》の中で、特別に調合されたものだった。使い残された黒い粉はこの「失われたドラゴンの島」の「川の下の洞窟《どうくつ》」に封印《ふういん》された。それから一度だけ、洞窟が破《やぶ》られたことがある。そのとき、忌《い》むべき黒い粉の小瓶《こびん》が盗《ぬす》まれた。だれの手に渡《わた》ったのか、どんな結末が来るのか。病気はいつか再び、災禍《さいか》を起こすだろう。

この書きつけの下には、消えそうな線で赤いお守りが書いてあった。「地獄《じごく》の業火《ごうか》(ブリムストン)」とだけ書かれたお守りの下には、2行の詩が並《なら》んでいた。

私の1番目は血管にはあるけれど、血液にはない。
私の2番目は叫《さけ》びの中にはあるけれど、野次にはない。

「ナーガの病気はきっとこの黒い粉のせいだよ。ゴリニチカが盗んだに決まっている。この詩はセント・ペトロックの聖杯《せいはい》を使った薬の作り方じゃない?」

「ゴリニチカが黒い粉を使った可能性はあるわ。でもこのたった2行しかない詩が薬の作り方を示しているとは思えないの。なぞなぞの始めのところみたいよ」

　続きを探《さが》して急いでページをめくったが、3ページの白紙のあとにあったのは、「1820年12月25日　雪　ベン・ウィヴィス　人間のならし方」だった。

「あるのはこれだけみたいよ」

「続きが消されちゃったんでなければね」

「または、まだ見えないだけかも」

　そのとき、目に見えている文字まで消えはじめてしまった。

「でも、ほしかった合言葉じゃなかったわね。今、必要なのは合言葉よ」

第12章　さよなら、ジャマール

ワイバーンの住処《すみか》からは、狩《か》り場《ば》をふくむ四方がすべて見渡《みわた》せる。ゆえに、侵入《しんにゅう》するときには、覚悟《かくご》せよ。目こぼしを期待してはならない。

――ドラゴンの種類による主な特徴《とくちょう》『リベル・ドラコニス』より

「べアトリス、見てよ！」と、ぼくは叫《さけ》んだ。

「ピラミッドだよ！　ぼく、ずっと見たいと思ってたんだ」

ぼくらは月明かりの中、エジプトに入った。河口の大きな川（たぶんナイル川だ）を見つけたジャマールは、まるで体の中に眠《ねむ》る故郷《こきょう》への思いに引きよせられるように、流れに沿《そ》って内陸へ向かった。河口近くのデルタ地帯では、河の土手に並《なら》ぶ何千という建物の明かりが、暗闇《くらやみ》の中で星のようにきらめいているのが見えた。

大都市カイロに到着《とうちゃく》したのは、夜明けの光が射《さ》しはじめた頃《ころ》だった。自分の目で見ることがあるなんて思ってもいなかったから、ピラミッドに気がついたときはすごくうれしかった。でもジャマールの飛んでいる高度から見おろすと、古代の遺跡《いせき》は想像していたよりもずっと小さく見えた。

その日はピラミッドの西にあるオアシスで野営することにした。ここでついに、ジャマールが狩《か》りをした。それは野生の中で一人で生きていけるという、すばらしい証《あかし》だった。オアシスに着陸すると、ジャマールはぼくらをしばらく見つめてから砂漠《さばく》の向こうへ飛んでいった。まるで「すぐに帰るから心配するな」と言っていたようだった。ジャマールが帰ってきたのは、気温があがって暑くなってきた2時間後だった。もどってきたジャマールは満足げに野営地に腰《こし》を落ちつけると、喉《のど》の奥《おく》から大きな毛玉を吐《は》き出した。調べてみると、それは黒こげになったラクダの残骸《ざんがい》だった。ジャマールは満腹《まんぷく》になったけど、トーチャーの分の肉はなかった。おなかをすかせたトーチャーはいつものようにジャマールのそばではなく、オアシスの外れにそっぽを向いて座《すわ》りこんだまま、もどってこない。ジャマールが自分の分の肉を持ってきてくれなかったことを怒《おこ》っていたのだ。

トーチャーがどんなにふてくされていても、ぼくらは料理をしなければならないし、『リベル・ドラコニス』も読まなければいけなかった。どちらもトーチャーの炎《ほのお》が必要なのだが、この日のトーチャーはあごをぴったりと胸《むね》につけて、どうあってもぼくらにあごの下をくすぐらせてくれなかった。試《ため》しにジャマールに火を吐《は》いてもらおうとしたが、ワイバーンは煙《けむり》のひと筋《すじ》も吐いてくれなかった。突然《とつぜん》、ベアトリスが思いついたようにとびあがった。

「荷物の中に拡大鏡《かくだいきょう》がなかった？　あれで日光を集めれば火がつけられるわ」

『リベル・ドラコニス』に必要なのはドラゴンの炎だけど、ものは試しだ。かばんの中の拡大鏡を探《さが》していると、小さな鏡が出てきてぼくの足元に落ちた。その瞬《しゅん》間《かん》、ぼくの頭にひらめいたのは、あの謎《なぞ》のドラゴン文字のことだった！

その思いつきを実際《じっさい》に試すことができたのは、トーチャーがやっとふてくされるのをやめて、また炎を吐いてくれるようになった次の日だった。あの不思議なページを見つけると、即座《そくざ》に文字を鏡に映《うつ》した。

「ほら、これは鏡文字で書かれていただけなんだよ！」

思っていた通り、鏡に映った文字は難《なん》なく読むことができた。

ドラゴン・エクスプレスの合言葉

ホノリフィク・アビリトゥディニ・タティーブス

ぼくらはついに、合言葉を見つけたのだ！

エジプトに入ってからヴィクトリア湖に到着《とうちゃく》するまで、さらに二晩《ふたばん》かかった。その間の野営地は飛び回る羽虫の群れに悩《なや》まされた。ジャマールは気にしていなかったが、トーチャーはすごく虫にいらついて、目に入るものすべてに咬《か》みついて当たりちらしていた。だから午後を回ってすぐにジャマールがのっそりと起きあがり、早く出発しようと言うようにぼくらに鼻面《はなづら》を押《お》しつけてきたときには、正直に言ってほっとした。

まだ日は高かったが、このあたりに住んでいる人も少ないだろうとふんで、ぼくらは真っ昼間に飛ぶことにした。ジャマールは今までにない速さで飛んだ。故郷《こきょう》がすぐそこだとわかっているのかもしれない。ジャマールがあまりに速く飛んだのでぼくらはあっという間にヴィクトリア湖を越《こ》え、ついにセレンゲティ平原についた。

ベアトリスが地上を指さして叫《さけ》んだ。

「見て！　あれ、キリンじゃない？」

ぼくが見おろすとベアトリスの言うとおり、キリンが見えた。他《ほか》にもいろいろな種類の動物がいる。ヌー、シマウマにゾウの群れ。ここならジャマールがおなかをすかせることはないだろう。ジャマールは行く手に見える大きな火口に向かった。火口の内側がめざすンゴロンゴロ盆地《ぼんち》だ。ジャマールは火口のまわりを3度回ると、火口の中へと入った。

ジャマールの翼《つばさ》は今や飛ぶためではなく、気流に乗って旋回《せんかい》するためだけに広げられている。高いところから、なわばりになる土地を吟味《ぎんみ》しているようだ。火口のゆるやかな斜面《しゃめん》を覆《おお》う森があり、草地があり、その先には白く浮《う》き出た塩に囲まれた大きな湖が広がっている。湖は今、何万羽というフラミンゴのピンクで彩《いろど》られていた。広い広い盆地の草の上にぼくらの小さな影《かげ》が落ちている。ジャマールは満足そうに喉《のど》をゴロゴロと鳴らし、肩越《かたご》しにぼくらのほうにふりむいた。とうとう、ジャマールは故郷に帰りついたのだ。

ちょうどそのとき、ぼくらの眼下《がんか》では地面を這《は》うようにして走ってきた2頭の雌《めす》ライオンが、シマウマの群れに襲《おそ》いかかろうとしていた。ベアトリスが思わず息をのんだとき、ぼくも違《ちが》う理由で息をのんだ。ぼくらの影《かげ》の後ろにもう一つ、見慣れた形の影が落ちているのを見たからだ。その影はすごい速さで、こちらのほうへやってくる。２頭のライオンは即座《そくざ》に狩《か》りをやめ、草の中に姿《すがた》を消した。

「ベアトリス、後ろからドラゴンが来る」

後ろをふりむくと、それはワイバーンだった。その大きさときたら！　小さく見積もってもジャマールの10倍はある大きさだ。そいつがすさまじい速度のまま、こちらへつっこんでくる。その怒号《どごう》は火口全体を揺《ゆ》るがした。ジャマールが見つけた土地はすでに、だれかのなわばりだったというわけだ。

トーチャーはおびえた声を出すばかりだったが、ジャマールは地上に向かって急《きゅう》降下《こうか》すると、身震《みぶる》い一つでぼくらを背中《せなか》から払《はら》い落とした。そして、あの巨大《きょだい》なワ

イバーンに挑戦《ちょうせん》するべく、舞《ま》いあがっていってしまった。

埃《ほこり》を払《はら》いながら、ベアトリスが立ちあがった。トーチャーはむくれていたが、ぼくはライオンの群れがいつ草の間から現れるかと気が気じゃなかった。

湖までは３００メートルぐらいはあるが、そんなに遠くには見えない。

「あそこなら、少しは安全じゃないかな?」

ベアトリスがうなずいた。湖までライオンが追ってくるかどうかは、わからなかったが、とにかくぼくらは走り出した。

湖のまわりは塩混じりの湿地《しっち》で、歩きにくかった。走るというより、大股《おおまた》に歩いて湖をめざした。トーチャーは不安そうにベアトリスの肩口《かたぐち》にかじりついている。

湖に近づき、ますます歩きにくくなったそのとき、ぼくらの左手に雌《めす》ライオンが1頭、また1頭と現れた。ぼくらをじっと目で追い、空気を嗅《か》いでいる。

「ドラゴンのにおいがするから、襲《おそ》っていいものかどうか迷っているんだよ」

雌ライオンはおそるおそる前脚《まえあし》を前に一歩出しかけたが、林のほうを見あげると、突然《とつぜん》しっぽを巻《ま》いて逃《に》げ出してしまった。

「ジャマール？」と、ベアトリスが期待をこめてふり返ったが、林の間から現れたのは、もう1体の巨大《きょだい》なワイバーンだった。

ワイバーンは湖に近づく様子を見せない。そのかわり、翼《つばさ》を大きく広げた。ぼくらが驚《おどろ》いたことには、ドラゴン語で話しかけてきたのだ。

「プルルルライシク　ホヤールルルリ！」

その低い声は湖面を大きく揺《ゆ》らした。ベアトリスもぼくも、息をのんだ。

「プライシク　ボヤール！」と、ぼくが怒鳴《どな》って返すと、ワイバーンはぼくらに近づいてきた。上からぼくらを見下ろしているワイバーンに、ぼくはたずねた。

「英語はわかりますか？」

「多くの国の言葉を話すが」と、ワイバーンが英語で答えてきた。「全部が全部、使いたいように使いこなせるわけではない」

英語が通じることにホッとしたが、ワイバーンの大きさには緊張《きんちょう》させられる。

「ぼくらはウワッサという名前のワイバーンを探《さが》しているんです」

「それでは私の名前を知っているのだな、子どもたちよ」と、ワイバーンが答えた。

「お前たちをここまで運んできた、あの若《わか》いドラゴンの名前は何というのだ?」

「ジャマールです」

「なかなかいい名前だ」

「ジャマールは無事なの?」と、ベアトリスが叫《さけ》んだ。

「無事だ。私の狩《か》り場《ば》への関心を、取りさげさせただけだ」

ウワッサが翼《つばさ》で指し示した先には、ジャマールの姿《すがた》があった。ここから1キロもない、火口の縁《ふち》の高いところに止まっている。ジャマールもこちらを見ている。

「あの若いドラゴンは、本来彼《かれ》が棲《す》まうべき環境《かんきょう》へもどってきたのだと理解している。そうであるべきなのだ」

「ジャマールがいなくなると、さびしいわ」

ベアトリスが涙声《なみだごえ》で言った。ジャマールもそれが聞こえたかのように、首をそらせて大きく一声鳴いた。そして翼を大きく広げて飛び立ち、火口の外側へと姿を消した。トーチャーは悲しげな声をあげて鳴き、ベアトリスにしがみついた。ウワッサがその大きな頭を下げ、小さなドラゴンの耳元で何かささやくと、不思議とトーチャーは落ち着いた。

「ずいぶん遠くまで、この赤《あか》ん坊《ぼう》を連れてきたものだな」と、ウワッサは言った。

「急いで逃《に》げなければならなかったんです。ドラゴン協会の命を受けて、ドラゴン・エクスプレスに乗るためにここまで来ました」と、ベアトリス。

「それはそれは」

ウワッサの声はおもしろがっているように聞こえる。

「『リベル・ドラコニス』と、セント・ペトロックの聖杯《せいはい》も持ってきました」

ウワッサの反応があまりに他人事《ひとごと》なので、ぼくはいらいらしはじめた。

「その二つをインドのジャイサルメールという街まで、大至急届《だいしきゅうとど》けることが私たちの使命なんです」と、ベアトリスが続けた。

「そこではドラゴンが恐《おそ》ろしい病気でどんどん死んでいるのよ」

「なるほど」と、ウワッサが答えた。相変わらずのんびりしている。

「ドラゴン・エクスプレスなら北インドまで乗せていってくれると聞きました」

「合言葉だって知ってるわ」

ベアトリスが期待《きたい》をこめてぼくの言葉につけ足した。

「知っているとな。それが本当ならば、聞かせてもらおうか」

ベアトリスとぼくは目で合図をして、一緒《いっしょ》に叫《さけ》んだ。

「ホノリフィク・アビリトゥディニ・タティーブス！」

巨大《きょだい》な砂色《すないろ》をしたドラゴンは、妙《みょう》に感心したようにぼくらを見おろしている。

「お前たちが携《たずさ》えてきたという本を見せよ」

ぼくは『リベル・ドラコニス』をかばんから取り出すと、地面に置いた。ウワッサはにおいをかいだ。

「書いてあることは、ドラゴンの炎《ほのお》に当てないと出てこないんだ」

「ならば、下がっているがよい」

ウワッサが噴射《ふんしゃ》した炎が本を包《つつ》む。『リベル・ドラコニス』という文字がいつも通りに光りながら浮《う》かびあがってきたが、それはいつもと違《ちが》う、青い色だった。

ウワッサは器用に前脚《まえあし》のかぎ爪《づめ》でページをめくった。

「今まで、そんなに多くの本を読んだわけではないが、この本は確かに興味深い。ここにはゾウやラクダや、アフリカの木の絵がのっている。ワイバーンによって書かれた本だと聞いてはいないか」

ぼくらも本をのぞきこんでみた。誓《ちか》ってもいいけど、そこに浮《う》かびあがっていたのは、今まで見ていたのとは全然違《ちが》う文字や絵だった。ワイバーンの絵があったし、見たこともないキャラバンルートやオアシスの名前がのっているアフリカの地図もあった。トーチャーが火を吐《は》いたときとは、見えるようになるページが全然違うようだ。

ベアトリスは急いでページをめくり、あの「病気について」と書かれていたあたりのページを探《さが》した。すると、青い聖杯《せいはい》が一つ現れていた。聖杯の絵の下には、青い文字で「イシスの涙《なみだ》」とあり、2行詩が一組読み取れた。

私の3番目は賢者《けんじゃ》の中にあるが、阿呆《あほう》の中にはない
私の4番目はリンゴの中にあるが、果物《くだもの》の中にはない

それだけだった。でもベアトリスはぼくを興奮《こうふん》した面持《おもも》ちで見つめている。ぼくにもその理由がわかった。

「この本は火を吐くドラゴンの種類によって、読める内容が変わるんだわ!」

ウワッサは、ベアトリスの発見に大して心を動かされた様子ではなかった。

「お前たちはドラゴン・エクスプレスの正しい合言葉を言ったのだから、アラビアの近くまで連れていってやろう。人間にはハラット・キシュブと呼《よ》ばれている土地だ。お前たちはその地で目的地へ運んでくれる次のドラゴン、ファキ・キファァ・カフィを探さなくてはならない。お前たちはそのドラゴンを死火山の上、溶岩《ようがん》でできた洞窟《どうくつ》の中で見つけることができるだろう」

「どうしてそのドラゴンには、3つも名前があるの?」と、ベアトリスがきいた。

「そのドラゴンには3つの頭があるからだ」と、ウワッサが言った。

「ファキ・キファァ・カフィはヒドラだ。ヒドラであれば頭が3つあるのも当然で、それぞれが名前を持っているのも当たり前だろう。さあ、行くぞ」

「待って、ジャマールはどうなるの？」と、ぼくはきいた。

そのとき、ぼくにもジャマールは行ってしまったのだとわかった。もう永遠に会えないのだ。ジャマールがさっき放った声が、彼《かれ》のさよならだったんだ。トーチャーにもわかっていたのに。ぼくは何か大きくて熱い塊《かたまり》が喉《のど》にこみあげてくるのを感じた。ぼくはいつも、ジャマールを自然に帰すことを考えてきた。でも、こんな遠くまで一緒《いっしょ》に旅をしてきて、ぼくらの世話もやいてくれたジャマールに、もう二度と会えないかもしれないと思うと、ひどく悲しかった。ベアトリスも同じように感じたんだと思う。そっと手をのばして、ぼくの手を握《にぎ》ったから。

「ジャマールは、お前たちが安全だと見て取った」と、ウワッサ。

「幸福に暮《く》らせる場所にもどったのだ。もしかしたらいつか、お前たちはまたこの道を通ることがあるかもしれん。だとすればまた、あのドラゴンに会うこともできよう」

「でも、ひどく遠いんだよ」

ぼくの声はすっかり小さくなってしまった。

「お前たちの家からは遠いかもしれない」と、ウワッサが翼《つばさ》を広げた。

「だが、ハラット・キシュブまではそう遠くない。なぜなら私は速く飛ぶからだ。さあ、若《わか》き冒険者《ぼうけんしゃ》たちよ、私の背《せ》に乗りなさい。我《われ》らは我らにあたえられた道を行こうではないか」

第13章　ドラゴン・エクスプレス

ヒドラは数少ない、討論《とうろん》と議論《ぎろん》を好むドラゴンである。だが、合意に至《いた》ることはめったにない。

——ドラゴンの種類による主な特徴《とくちょう》『リベル・ドラコニス』より

ウワッサは宣言通《せんげんどお》り、極《きわ》めて優《すぐ》れた飛び手だった。でもその速度をもってしても、ハラット・キシュブに着くまでに2日かかった。ジャマールには悪いが、ウワッサに乗るのはひどく快適だった。大きな揺《ゆ》れがないこともあるが、背中《せなか》がとても広いので、ぼくらは背中の上で横になることができたのだ。またジャマールよりもうんと高く飛べたので、だれかに見られる心配もなかった。そこで、夜だけに飛ぶような面倒《めんどう》なことはやめた。昼間飛ぶときは、太陽の光で目を傷《いた》めないようにゴーグルをつけた。ウワッサがあまりにも速く飛ぶので、まるで吹《ふ》きすさぶ風の中にいるようだった。一度飛び立てば、ウワッサは確実に気流を見つけた。上昇《じょうしょう》する必要があるときか、速度をあげる必要があるとき以外は、翼《つばさ》をめったに動かさなかった。

ウワッサははじめ、ぼくらを北へと運んだ。昨日までジャマールと南下してきたところを、今度は逆にナイル川に沿《そ》って北上するのだ。ぼくらの眼下ではサバンナがジャングルに変わり、次は山脈、そして砂漠《さばく》へと変わっていった。その日は廃墟《はいきょ》となった古代の神殿《しんでん》の外側に野営地を作った。そこには古代の王の壊《こわ》れた像《ぞう》が、封《ふう》印《いん》された入口の脇《わき》に座《すわ》っていた。

ウワッサが旅の仲間として頼《たよ》れることがわかったのも、その夜だった。野営地を作ったあと、ウワッサは半時間ほど姿《すがた》を消したと思ったら、ナツメヤシやパン、新《しん》鮮《せん》な肉が入ったかごを持ってもどってきた。そのかごがどこから来たものかは、ぼくらはあえてきかなかった。砂漠《さばく》では焚火《たきび》のための薪《まき》も見つけられなかったが、ウワッサは適度に火を吐《は》いて鍋《なべ》の湯を沸騰《ふっとう》させると、肉をゆでてくれた。

ぼくらの食事が終わると、ウワッサは『リベル・ドラコニス』を見せてくれと言った。炎《ほのお》を吐きかけたあと、ウワッサは何時間もトーチャーの横に座《すわ》りこんで本を読み続けた。トーチャーも一緒《いっしょ》に本を眺《なが》めているようだった。

夜明けに移動を再開したぼくらは、船が点々と浮《う》かんでいる細長い海を越《こ》えた。海をはさんで、輝《かがや》く砂漠が海辺まで迫《せま》っていた。ここでウワッサは降下《こうか》しはじめた。地上の景色《けしき》は次第に暗い色をした丘陵《きゅうりょう》地帯に変わり、やがて到着《とうちゃく》した溶岩《ようがん》の大地の表面は、小さな石で覆《おお》われていた。

「アラビア人の住まない地域《ちいき》に到着だ」と、ウワッサが教えてくれた。

「キシュブと呼《よ》ばれる『ハラット』、すなわち火山岩地帯とはここのことだ」

着陸したのは赤黒い色をした山の中腹《ちゅうふく》の岩棚《いわだな》で、風が乾《かわ》いた硫黄《いおう》のにおいを運んできた。そこで見た風景は、ぼくが今までに見た中で一番さびしい、変わった風景だった。トーチャーはかぎ爪《づめ》でまわりにちらばっている黒っぽい岩をつついた。それからウワッサを見あげた。まるでウワッサの背中《せなか》にもう一度もどって、すぐにこの土地を離《はな》れたいと言っているかのようだった。

「旅の無事を祈《いの》っている」と、ウワッサが言った。

「ここより北の洞窟《どうくつ》でドラゴン・エクスプレスの次のドラゴン、ヒドラのファキ・キファ・カフィが見つかるだろう」

「ぼくらを紹介《しょうかい》してはくれないの？」と、ぼくは不安になってきいた。

「そんなことはしたくもないし、その必要はない」と、ウワッサが答えた。

「ヒドラはもう我々《われわれ》に気づいているかもしれん。カフィは気にしないかもしれないが、ファキとキファは他《ほか》のドラゴンが許しもなく、なわばりに入るのをよしとしないだろう。それにドラゴン学者は、ドラゴンに会ったときには自己紹介《じこ》するものではなかったか？　もし君らがその古い貴重《きちょう》な宝物《たからもの》の運び手としてドラゴンに信用されているのだとすれば、そのくらいのことはできるはずだ」

ウワッサは頭を低く下げると、トーチャーと鼻面《はなづら》を触《ふ》れ合わせた。

「この小さきものをしっかり守るように」と、ウワッサは言った。

「それでは、これでさらばだ」

ウワッサはたちまち宙《ちゅう》に舞《ま》いあがると、すぐに空の点になってしまった。

「少なくとも、ライオンがいないだけアフリカよりはましかな」

ぼくらはトーチャーを抱《だ》いて、ウワッサが教えてくれた方向へ歩き出した。

「でも、ファキ・キファ・カフィなんて名前、ややこしいわ」

ベアトリスがつぶやいた。

「ヒドラとの交渉《こうしょう》なんて、どうしたらいいのかわからないし」

ぼくらの行軍《こうぐん》は、岩場をよじのぼることから始まった。山の斜面《しゃめん》はすごく滑《すべ》りやすく、足元に注意して進まなければならなかった。高く登るにつれて、風が強くなった。一方、トーチャーはすでにぼくらの先ではね回っていた。歩いてみれば、この環境《かんきょう》も悪くないことに気づいたようだ。ある岩棚《いわだな》で1匹《ぴき》の黒い蛇《へび》を見つけたトーチャーは、嬉々《きき》としてそれを頭からむさぼるように食べた。トーチャーが初めて自力で食料を確保した、記念的瞬間《しゅんかん》かもしれない。

突然《とつぜん》、ベアトリスが叫《さけ》んだ。

「こんなところ、大嫌《きら》い！　岩だらけで歩きにくいし、自分の足につまずくし！」

疲《つか》れといらいらが極限に達したらしい。

「ぼくだって好きじゃないけど、ほかに道はないじゃないか。肝心《かんじん》の洞窟《どうくつ》がそんなに遠くないことを祈《いの》ろうよ。それから、ヒドラがウワッサと同じくらい親切だといいんだけど」

「少なくともトーチャーはここが好きみたいね」と、ベアトリスが言ったときだった。ぼくらのほんの15メートル先の斜面にいたトーチャーの姿《すがた》が突然、消えた。ぼくらは必死で斜面を駆《か》けあがり、そこに口を開けている大きな黒いたて穴《あな》を見つけた。ほとんど垂直《すいちょく》に山の中に続いている。

「トーチャー！」と、ベアトリスが叫んだ。「もどってらっしゃい！」

でも、穴の中にはトーチャーの気配すらない。

「降《お》りていって、トーチャーを見つけなきゃ！」

穴の入口からは、丸い大きなひと続きの石が岩壁《がんぺき》からつき出し、それが下へと降りる階段《かいだん》のようになっていた。規則正しく並《なら》んでいるので、きっと人間が作ったものに違《ちが》いない。人間がまだ洞窟《どうくつ》に住んでいた、遠く忘《わす》れ去られた時代に。

暗闇《くらやみ》の中、階段を降りていくと、やがてわずかな傾斜《けいしゃ》のある固い床《ゆか》に着いた。穴の底は外よりも涼《すず》しく、上で吹《ふ》いていた風もここには届《とど》かない。暗闇に目が慣れると、ここは奥行《おくゆ》きがある洞窟《どうくつ》で、つやのある黒っぽい壁《かべ》が奥《おく》へ続いているということがわかった。トーチャーの姿《すがた》はどこにも見えなかったが、正体のわからないカサカサという音が洞窟の奥から聞こえてくる。それになんだかすっぱいにおいもするし、ドラゴンがいる証拠《しょうこ》の硫黄《いおう》のにおいもした。

「トーチャー！」

ぼくは小声で叫《さけ》んだ。暗闇《くらやみ》のどこかで、トーチャーがしゃっくりをした。次の瞬間《しゅんかん》、トーチャーが吐《は》き出した炎《ほのお》で照らされて、びっしりとコウモリで埋《う》め尽《つ》くされた洞窟の天井《てんじょう》が浮《う》かびあがった。炎に驚《おどろ》いたコウモリは、キーキーと鳴きながら飛びまわった。耳をかすめ、髪《かみ》にからみつきそうなほどに近くまで飛んでくるコウモリに、ベアトリスが悲鳴をあげた。ベアトリスの腕《うで》を引いて一緒《いっしょ》に床《ゆか》に伏《ふ》せると、コウモリはぼくらの上を通り過ぎ、ぼくらが降《お》りてきた穴《あな》を通って姿《すがた》を消した。

トーチャーは何度も炎を吐いてはね回っていた。無数に飛び交《か》うコウモリを捕《つか》まえようとしていたのだ。コウモリがいなくなってトーチャーが炎を吐くのをやめたそのとき、洞窟の壁《かべ》がむっくりと動いた。1対の黒い翼《つばさ》が広がり、3対の黄色い目が突然《とつぜん》カッと大きく見開かれると、トーチャーに向けられた。灰色《はいいろ》のうろこの生えた首に3つの頭と、とげのついた長いしっぽを持つドラゴンは、たった2歩でトーチャーの前に立った。

ヒドラだった。ウワッサよりは小さいが、それでも十分に大きい。トーチャーはうなりながらヒドラを見あげた。3つある頭の一つが興味深げにトーチャーのにおいを嗅《か》いだ。ヒドラの背後《はいご》には膨大《ぼうだい》な量の宝《たから》の山があった。金や宝石《ほうせき》に混じって、何かの骨《ほね》も見える。

「ファキ・キファァ・カフィ！」

思わず叫ぶと、3つの頭が同時にぼくを見た。あわてて「プライシク　ボヤール」と、ドラゴン語で挨拶《あいさつ》したが、頭の一つが返してきた返事は「ふん、ばかばかしい」

だった。トーチャーがまた低くうなった。

そのとたん、3つの頭が同時にトーチャーへ向き直り、一斉《いっせい》にうなり返した。その声はトーチャーのうなり声の10倍は大きかった。高低の違《ちが》う、荒々《あらあら》しいけれど響《ひび》き合う音に、洞窟《どうくつ》全体が大きく揺《ゆ》れた。それでもトーチャーは恐《おそ》れず、牙《きば》をむき出して炎《ほのお》を吐《は》き出した。残念ながら、それはヒドラの膝《ひざ》までしか届《とど》かなかったけど。

「この幼《おさな》いドラゴンは、気骨《きこつ》があるようですね」と、一つの頭が言った。

「すぐに腹《はら》におさめちまおう」と、2番目の頭が言った。

「宝《たから》に手出しされる前に、即刻《そっこく》追《お》い払《はら》わねばならぬ」と、3番目の頭が言った。

ヒドラに頭が3つしかなくて本当によかった。もっと多かったら、聞いているうちに、さらに混乱《こんらん》するに違いない。

「どちらの方とお話しすれば、よろしいかしら?」と、さっきの1番目が続けた。

「『よろしいかしら』ときたもんだ」と混ぜっ返したのは2番目の頭。

「ぼくはダニエル、こちらはぼくの姉のベアトリスです」と、ぼくは自己紹介《じこしょうかい》した。

「そして、これはトーチャー、ヨーロッパドラゴンの赤ちゃんです」と、ベアトリスが紹介したが、トーチャーはベアトリスの後ろに走りこんで隠《かく》れてしまった。

「そんな名より、『コウモリをおどせし者』と呼《よ》んだほうがよかろう」と、さっきの3番目の頭が言った。

「ちがうね、『燃えかす』がいいよ。行儀《ぎょうぎ》にうんと気をつけないと、そうなるってことさ」と、2番目の頭。トーチャーがまたうなった。

「すみませんが、どなたがどなたか教えていただけませんか?」と、ぼくは言った。

「教えっこなしだよ」と、2番目の頭が言った。

「わらわは教えぬ」と、3番目が言った。

「私がお教えしましょう」と、1番目の頭が言った。

「私の名前はカフィです。そしてこちらがキファで」と、2番目の頭を指し、

突然《とつぜん》ヒドラが頭を激《はげ》しくぶつけあいはじめた。鈍《にぶ》い、恐《おそ》ろしい音がする。

「どうしてそんなことをするんですか?」

こわごわたずねると、「火花を起こすために決まっておろうが」と、ファキが答えた。

突然、3筋《すじ》の炎がファキ・キファ・カフィの3つの口から同時に吹き出した。それは赤と黄色と緑の炎で、『リベル・ドラコニス』をすっかり包んだ。でも表紙に文字は浮《う》かびあがらず、内側も白いままだった。

ベアトリスが考え考え、口を開いた。

「ヒドラはこの本を書くのに、かかわらなかったんじゃないかしら」

「よくあるのじゃ、このようなことは」と、ファキがそっけなく言った。

「何か頼《たの》まれたり、だれかと一緒《いっしょ》に何かするなんてありえないし」と、キファ。

「でもそれと、ドラゴン・エクスプレスの一員であることは別ですよ」と、カフィが言った。

ファキ・キファ・カフィの背《せ》は、今までに乗ったどのドラゴンよりも快適だった。ヒドラの背骨《せぼね》は小作りだったので、ぼくらは二人とも首にしっかりとまたがることができたのだ。それにひきかえ、トーチャーは全然乗りたがらなかった。でも、ここに置いていくことはできない。耐炎性《たいえんせい》マントの鞍《くら》をゆずってやると、トーチャーはしぶしぶカフィの首によじのぼった。

「心配しないで、小さな仔《こ》。あなたを落とすようなことはしませんよ」

ヒドラの山からジャイサルメールまでは、三日三晩《みっかみばん》かかった。その間に通ったのはカラカラに乾《かわ》いた埃《ほこり》っぽい土地で、人が住んでいる気配はなかった。飛んでいる間もヒドラは絶え間なく口論《こうろん》を続けていたが（これが普通《ふつう》らしいと気づくまでに、ちょっと時間がかかった）、恐《おそ》るべき体力の持ち主であることは確かで、夜もほんの短い休憩《きゅうけい》しか取らなかった。

二晩目のこと。ファキ・キファ・カフィは3つの頭のうち、どの頭が一番おなかがすいているかで大激論《だいげきろん》をしたあげくに、ぼくらを置いて食べ物を探《さが》しに出かけた。トーチャーにガゼルの肉を持って帰ってくれたのは助かったけれど、それからもずっとひっきりなしに言い合いをしていた。ついにベアトリスの堪忍袋《かんにんぶくろ》の緒《お》が切れた。

「うるさくて眠れないんですけど！　静かにしてもらえませんか？」

3つの頭はブツブツ言っていたけれど、それからは静かになった。

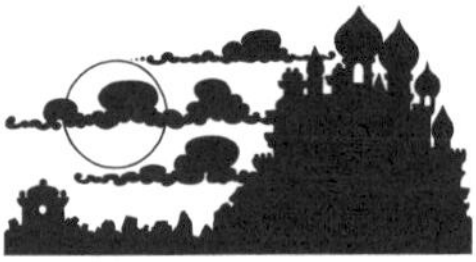

第14章　砂漠《さばく》で待っていた罠《わな》

マハラワル（ヒンドゥー語）／マハ＝偉大《いだい》なる、ラワル＝王の意。ジャイサルメールとドゥンガルプールの支配者を指す、もっともよく使われる称号《しょうごう》。同じ意味の言葉に、マハラジャ、マハラワット、マハラナ、マハラオがある。

――語彙集《ごいしゅう》『リベル・ドラコニス』より

アラビア半島を飛び立ってから4日目の朝、ファキ・キファ・カフィは丘《おか》の上の街の門から1キロ半ぐらい離《はな》れたところで、ぼくらを砂漠《さばく》に降《お》ろした。なわばりへもどっていくヒドラに手をふって、ぼくらは目の前の光景を眺《なが》めた。

ジャイサルメールの街はもともとの城壁《じょうへき》を越《こ》えて周囲へ広がっており、今では谷間を越えた湖のすぐそばまでのびていた。石のパビリオンが点在している小さい湖で、ドレイク博士が見せてくれた絵はがきそのままだ。

「やった、とうとうジャイサルメールに着いたよ！」

ぼくらの両親が長い時間を過ごし、ここの消印を押《お》した手紙を何通も受け取った街、ジャイサルメール。そこに今自分がいるというのは、おかしな気分だった。

すぐにでも街に駆《か》けこみ、両親とドレイク博士の消息を探《さが》しはじめたくて、気がへんになりそうだったが、ぼくらは注意深くやらなければいけない。ここでへまなどできないのだ。まずはトーチャーを連れていくために、容《い》れ物《もの》を用意することにした。ベアトリスとトーチャーを砂漠で待たせておいて、ぼくは街の入口の屋台に向かった。そこでインドの蛇《へび》つかいが使うような、ふたつきのかごを見つけた。

ところが自由に歩き回ることに慣れてしまったトーチャーは、かごに入るなんてまっぴらだった。ぼくらがかごに押しこもうとすると、大いに暴れた。ベアトリスが一計を案じ、かごの底に何個かの宝石《ほうせき》と『リベル・ドラコニス』を押しこむと、トーチャーはあっさりかごに入り、本をかぎ爪《づめ》でつかんで丸くなった。まだ隙間《すきま》があったので、ぼくはそこに聖杯《せいはい》を入れた。

ぼくらはかごの両側についている手を二人で持って、丘《おか》の上の街をめざした。やがて、大きな門に出た。壁《かべ》の後ろにそびえ立っているのは、たくさんの旗《はた》がはためく大きな建物だ。これが宮殿《きゅうでん》に違《ちが》いない。

門の両側に門番がいた。ライフルを持ち、ぱりっとした白い制服を着て、羽根飾《かざ》りのついたヘルメットをかぶっている。彼《かれ》らはぼくらをじっと見ていた。

そのとき、ぼくらがまわりからものすごく浮《う》いていることに気がついた。インドの街の門に向かって、大きなかごを運ぶイギリス人の少年と少女が、目立たないわけがない。

「絶対怪《あや》しまれてるよ」とベアトリスにささやくと、

「黙《だま》って歩き続けて。こんなこと、毎日してるんだって顔をしてなさい」と返事が返ってきた。

門に近づくと、門番が話しかけてきたが、何を言っているのかわからない。

「私たちはイギリス人です」と、ベアトリスが言った。「英語はわかりますか?」

ぼくらを見つめるばかりの門番に、ベアトリスは別方向から話をすることにした。

「ジャイサルメールのマハラワルに会いに来ました。マハラワルに、クック家の子どもがすぐにお会いしたいと言っていると、伝えてください」

門番は返事をしなかった。かわりにかごを開けるように手ぶりで伝えてきた。

「開けられません」と、ベアトリスは頭をふって言った。「重い病気の動物が入っています。とても具合が悪いの」

ベアトリスが具合が悪い様子を身ぶりで見せてみたが、門番は納得《なっとく》しなかった。

彼らはあっという間にぼくらからかごをもぎとると、ふたを開けた。そのとたん、トーチャーの頭がにゅっとかごからつき出した。二人の門番の目が大きくなり、あたりは蜂《はち》の巣《す》をつついたような大騒《おおさわ》ぎになった。

「いわんこっちゃない！」

かごのふたは乱暴《らんぼう》に閉《し》められ、ぼくらは門番とその仲間の兵士たちに取り囲まれたままで、街の門をくぐった。一人の門番がかごを運んでいたが、かごの中でトーチャーがうなると、あわてて地面におろした。

「牢屋《ろうや》に入れられるのかな」

「それより悪いわ！」と、ベアトリスが言った。

見れば、門番たちがみんなライフルの狙《ねら》いをかごに合わせている。

突然《とつぜん》、宮殿《きゅうでん》のほうからざわめきが聞こえてきた。威厳《いげん》のある少年がぼくらのほうへやってくる。年はぼくらよりも少し上に見える少年は、短い黒の上着と長い白シャツ、それに白い長ズボンをはいている。門番たちはすぐにライフルを肩《かた》からおろし、少年に敬礼《けいれい》をした。少年がぼくらに笑いかけた。

「イギリスの方ですか?」

なんと彼《かれ》は英語で話しかけてきたのだ。

「私たちはクック夫妻の子どもです」と、ベアトリスが勢いこんで答えた。

今度は少年が息をのんだ。

「すると、あなた方はダニエルとベアトリスですね?」

「そうです。ぼくらの両親の行方《ゆくえ》について何かご存知《ぞんじ》ですか?」

少年はなんと言っていいかわからないというように、目線を地面に落とした。

「残念ながら、お二人が帰国されるためにここを離《はな》れて以来、何の知らせもないのです。私の伯父《おじ》、マハラワルも手がかりを調べているのですが。お二人の同僚《どうりょう》のノア・ヘイズ氏も、タール砂漠《さばく》の調査からもどって来ません」

「え、ニーアのお父さんも行方不明なんですか?」

ぼくは絶句した。

「それでドレイク博士はどうされてますか？」と、ベアトリスがたずねた。

「2週間ほど前にお着きになりましたが、すぐに発《た》ってしまわれました。それにしても」と、少年はぼくらを見つめた。

「あなた方はここで何をしているんですか。それにいったい、どうやって、ここまでいらしたんでしょうか？」

「えっと、乗ってきたんです」

ドラゴン・エクスプレスのことは秘密《ひみつ》かも知れないので、ぼくはあいまいに答えることにした。

「何に……」と、言いかけて、少年はやめた。

「申《もう》し訳《わけ》ない。行儀《ぎょうぎ》の悪いことをしてしまいました。まず自己紹介《じこしょうかい》をさせてください。私はランジット・シンハ、ジャイサルメールの王子です。最悪の時ではありますが、お会いできて大変にうれしい。あなた方の話をよくうかがっていたので、旧知の知人のように感じています」

「私たちもお会いできて大変光栄です、殿下《でんか》」と、ベアトリスが言った。

「宮殿《きゅうでん》へどうぞ。旅の疲《つか》れを癒《いや》してください。軽い食べものはいかがですか」

トーチャーの入ったかごをベアトリスと二人で持つと、ぼくらは王子について宮殿の門をくぐった。宮殿は広く、王子の部屋は二間《ふたま》がひと続きになった豪華《ごうか》なものだった。部屋の装飾《そうしょく》は風変わりな東洋風だったが、壁《かべ》には兵士や大砲《たいほう》の写真、そしてヨーロッパとインドの地図が貼《は》ってあり、ドラゴンの写真もあった。

「どうか門番たちの非礼を許《ゆる》してやってください」と、王子は大きな鏡の前で立ち止まった。「あなた方を物乞《ものご》いだと勘違《かんちが》いしたのです」

言われてのぞいた鏡の中には、今まで見た中でも一番汚《きたな》らしい子どもが二人映《うつ》っていた。ぼくらはずっとお風呂《ふろ》に入ってないし、ドレイク城《じょう》を脱出《だっしゅつ》するときにあわてて着てきた服は、長旅のあいだにすっかりくたびれて、正直につけ加えるなら、かなりにおいはじめていた。

「着る物をお出ししましょう。どうぞお風呂《ふろ》にも入ってください。でもその前に、かごの中身をおたずねしてもよろしいですか？　先ほどから動いているのです」

ベアトリスとぼくは顔を見合わせた。ふと思いついたことがあって、ぼくは指を床《ゆか》につけた。ランジット王子も同じようにした。

「ドラゴンが飛ぶとき」と、王子が言い、「ドラゴンは目で見る」とぼくが続けた。続けて王子が「ドラゴンが吠《ほ》えるとき」と言い、「ドラゴンはかぎ爪《づめ》でつかむ」と、ベアトリスが終わらせた。

「では、あなた方もご両親と同じドラゴン学者なのですね。S.A.S.D.《エスエイエスディー》の合言葉を覚えていてよかった！」と、ランジット王子はほっと息をもらした。

「まだ、修行中《しゅぎょうちゅう》ですけれど」ぼくはかごのふたを開けながら言った。

かごの中から蛇《へび》つかいのコブラのようにゆっくりと現れたのは、トーチャーの頭だった。ランジット王子は喜んで手をたたいた。

「これはヨーロッパドラゴンの幼体《ようたい》ですね。なんという名前ですか？」

「トーチャーといいます」

ベアトリスが紹介《しょうかい》すると、名前を呼《よ》ばれたトーチャーがかごからぴょんと、とんで出た。ランジット王子が手をのばすと、おとなしく頭をなでられている。

「おなかも背中《せなか》もすごく喜びますけど、あごの下だけはくすぐらないでください」

と、ぼくはつけ加えることを忘《わす》れなかった。

「宮殿《きゅうでん》が火事になってしまいますから」

本当はすぐにでも、何かできることを始めたかったが、一番事情を知っているマハラワルは砂漠《さばく》の探索《たんさく》で留守《るす》だった。そこでぼくとベアトリスは待っている間にお風呂に入り、着替《きが》えをして食事をすることにした。

その間にもぼくらは王子と情報交換《こうかん》を続けた。王子によると確かに1か月以上前、お父さんたちはジャイサルメールを発《た》ってボンベイに向かっていた。

「姿《すがた》を消しているのは、両親やヘイズさんだけではないんです。他《ほか》にも行方《ゆくえ》不明になったドラゴン学者がいるらしいのですが、どれも誘拐《ゆうかい》らしいんです」

「誘拐だなんて、いったいだれが？」

ぼくの言葉にランジット王子は身をのり出した。

「ドレイク博士はロシアのドラゴン学者、アレクサンドラ・ゴリニチカが黒幕《くろまく》ではないかと疑《うたが》っています」と、ベアトリス。

「あなた方はドレイク博士を探《さが》して、ここへ来られたのですね」

「そうです。S.《エス》A.《エイ》S.《エス》D.《ディー》の二つの宝物《たからもの》をドレイク博士に届《とど》けるために」と、ぼくは説明した。

「『リベル・ドラコニス』という本と、セント・ペトロックの聖杯《せいはい》です。イギリスドラゴン協会から直々に頼《たの》まれたのですが、本にはナーガの伝染病《でんせんびょう》を治せる薬の作り方がのっているというんです」

「ナーガを救うには遅《おそ》すぎたようです」ランジット王子が声を落とした。

「ナーガが1体残らず死んでしまったということではないですよね？」

「そうでなければいいと思っていますが」と、ランジット王子が言った。

ぼくは怖《こわ》くなった。ベアトリスも青ざめている。

「ドレイク博士がどちらへ向かわれたかご存知《ぞんじ》ですか？」と、ぼくはきいた。

「博士は中国《ちゅうごく》に向かわれました」と、ランジット王子が言った。

「中国奥地《おくち》の秘密の場所にある宏偉寺《ホンウェイじ》という寺院と聞いています。そこの僧侶《そうりょ》たちがドラゴンの疫病《えきびょう》を治す薬を研究しているのです。そして、中国の龍《ロン》を救う時間がまだあることを信じてます。龍にも病気が広がっていることは知っていますか」

ぼくらはうなずいた。

「私たちも今すぐ宏偉寺に行かなければなりません」と、ベアトリス。

「では、これからマハラワルに会いに行きませんか」と、ランジット王子が提案した。
「伯父《おじ》がもどってくるまで待ってはいられないでしょう。彼《かれ》はあなた方の中国《ちゅうごく》行きを助けてくれるはずです」

身支度《みじたく》がすむと、ぼくらの見かけはイギリスの子どもというより、インドの王族の子弟《してい》といった感じになった。肩《かた》かけかばんには宝物《たからもの》、バスケットには食料がたっぷり入っている。ランジット王子にラクダを選んでもらって、乗り方を教わったあと、ぼくらは早足で出発した。トーチャーの入ったかごをくくりつけたラクダにぼくが乗り、もう1頭にベアトリスが宝物の入ったかばんを肩から下げて乗った。

ぼくらは王子と一緒《いっしょ》にかなりの速度で、砂漠《さばく》の中を進んでいった。目に入るものは砂丘《さきゅう》以外にはなかったが、ぼくはトーチャーが退屈《たいくつ》しないようにかごのふたを開けてやろうと思った。でも、これが間違《まちが》いだった。かごからトーチャーが頭をつき出したとたん、ラクダがふりむいてトーチャーに気づいてしまった。間が悪いことは重なるもので、ちょうどそのとき、トーチャーが火をゴウッと吐《は》いてしまったからたまらない。次の瞬間《しゅんかん》、ラクダが弾丸《だんがん》のように砂漠を駆《か》けだした。

たちまちベアトリスもランジット王子も背後《はいご》に遠ざかった。何をやってもラクダは止まらない。ふり落とされないようにしがみついているだけで必死だった。1キロメートルぐらいいっ走ったあとだったろうか、突然《とつぜん》ラクダがぴたりと止まった。何かラクダがおびえるようなものが近くにあるのだ。ぼくはトーチャーを連れて、すばやくラクダから降《お》り、ラクダをおびえさせたものを探《さが》してあたりを見渡《みわた》した。

ぼくが見つけたのは、驚《おどろ》くべきものだった。木の切《き》り株《かぶ》に巻《ま》きついて目を固《かた》く閉《と》じていたのは、蛇《へび》のような体に人間のような頭のついた生き物だった。茶色い唾《つば》が口元から垂《た》れている。ナーガだ！　まだ生きているのか、死んでいるのかわからなくて、ぼくはそろそろと近づきはじめた。

突然《とつぜん》ナーガの目がカッと開き、警告《けいこく》するように言葉を発した。

「アルルルプトゥー！」

「止まれ！」

追いついてきたランジット王子が後ろから叫《さけ》んだ。

「なんですって？」と、ぼくはきき返した。

「そのナーガは君に『止まれ』と言っているのだ。もう病気の末期のようだ」

こともあろうに、病気のドラゴンの前にトーチャーを連れていくなんて！　ぼくは自分のうかつさを呪《のろ》った。

「まだ生きているナーガがいたとは！」と、ランジット王子が言った。

「どうやってこんな街の近くまでたどり着いたのだろう。だれかがわざとここまで連れて……」

そのとき、ぼくらの後ろで銃《じゅう》がカチャリと鳴った。

「だあれも運んでなんかないぜ」と、あざ笑うような下町訛《なま》りの声が言った。その声にぼくは聞き覚えがあった。

「そいつは自分でここまで這《は》いずってきたのさ。ジャイサルメールのマハラワルに、俺《おれ》のことを言いつけようとしてな」

ぼくらはふりむいた。予想通り、警官《けいかん》のふりをしてドレイク城《じょう》にやってきた、あの黒い上着、黄色い歯の男が立っていたのだ。

その男の隣《となり》には、帽子《ぼうし》を斜《なな》めにかぶった肌《はだ》の浅黒い男が立っていた。顔だちがニーアに似ているから、この人がニーアのお父さんのノア・ヘイズさんに違《ちが》いない。やつれた表情のない顔で、ぼくらに銃を向けている。

「ヘイズさん、どうしたのですか?」と、ランジット王子が叫んだ。

黄色い歯をした男が、地面に唾《つば》を吐《は》いた。

「催眠術《さいみんじゅつ》はありがたいもんだね、王子様。おかげで、こいつも役に立ってる」

ベアトリスの顔に恐怖《きょうふ》が浮《う》かんだ。

「ガメイさんとニーアはどこ？」と、ベアトリスが叫《さけ》んだ。

「ロシア人のご婦人に会いに行ったよ」

間違《まちが》いない、ゴリニチカのことだ！

「でもあのご婦人が会いたがっておられるのは、お前たちだ。ドレイク城《じょう》ではまんまと逃《に》げられたが、今度は逃がさん。俺《おれ》のことはシャドウェルって呼《よ》びな」

そう言いながら、男がゆっくりと上着のポケットを外すと、そこから顔を出したのはドワーフドラゴンのフリッツだった。ぼくは自分の目が信じられなかった。「ドラゴン・アイ」をめぐる冒険《ぼうけん》では、こいつにさんざんひどい目にあわされたのだ。フリッツはシャドウェルの肩《かた》にのぼると、そこからベアトリスが持っていた宝物《たからもの》の入ったかばんに飛びかかった。ベアトリスもかばんを離《はな》さず、綱引《つなひ》きになった。トーチャーが怒《おこ》ったようにうなると、ぼくの腕《うで》から飛び出して、フリッツに襲《おそ》いかかった。シャドウェルがニヤリと笑って銃《じゅう》をトーチャーに向けた。

「おれだったら、小さいのにはおとなしくさせておくがな」

従《したが》うしかなかった。ぼくは、うなりながらフリッツにとびかかろうとしていたトーチャーを抱《だ》きあげた。ベアトリスもトーチャーを撃《う》つと言われては、かばんを離すほかなかった。

ランジット王子が怒《いか》りに震《ふる》えながら、口を開いた。

「私の伯父《おじ》はこのあたりの王である。私や、客人にもしものことがあれば……」

「うるせえよ」と、シャドウェルがランジット王子の言葉を断《た》ち切った。

「さて、何を持ってきたか、見せてもらおうか」

シャドウェルはぼくらのかばんを開けると、中の物を全部出した。

「古くさい本に魔法《まほう》の杯《さかずき》か。どっから盗《ぬす》んできたんだか」

「私たちはそんなことしないわ」と、ベアトリスがきっぱりと言った。

「それは私たちの家に代々伝わる家宝《かほう》よ」

「バカ言え！」

シャドウェルは足の先で本を開いた。

「なんにも書いてないじゃないか。俺《おれ》は別に本に関心はないが、あのロシアのご婦人は見たがるだろうて。もし、いらんとなれば売っぱらうだけだし、なあ？」

シャドウェルはセント・ペトロックの聖杯《せいはい》を手にした。

「おお、これはきっとお気に召《め》すこったろう。なあ、ヘイズ？」

ヘイズさんは何も言わなかった。シャドウェルはぼくらをふりむいて言った。

「このかわいそうなヘイズは、あんまりしゃべんねえんだ」

「この悪魔《あくま》！」

ベアトリスがののしったが、シャドウェルは気にもしなかった。

「お前ら二人は、俺と一緒《いっしょ》に来るんだ。王子様におかれましては、どうかお一人でジャイサルメールまでおもどりくださいますよう」

「私たちをどこに連れて行こうっていうの？」

「来ればわかるって」と、シャドウェルは答えて、ドラゴンの呼《よ》び笛《ぶえ》を吹《ふ》いた。

すぐに2体の真っ黒なツングースドラゴンが上空に現れた。地上に降《お》りると、ウワッサと同じくらい大きかった。ドラゴンにはそれぞれ、高い鞍《くら》に座《すわ》っているドラゴンの御者《ぎょしゃ》がいた（この御者は「モホート」というのだそうだ）。体の小さな男たちで、毛皮の縁取《ふちど》りのついた皮の服に縁なし帽《ぼう》をかぶり、ゴーグルをつけていた。そして片手《かたて》には鞭《むち》のかわりに先端《せんたん》がかぎになった短い鉄の棒《ぼう》、アンクスを持ち、もう片方にドラゴンの轡《くつわ》からのびた長い鎖《くさり》の手綱《たづな》を握《にぎ》っている。

ドラゴンの背《せ》には鉄のよろい戸がついたずんぐりした輿《こし》が取りつけられていた。これは昔の戦場で、ゾウが背負《せお》っていた戦争用のホーダだ。ドラゴンたちの目は鈍《にぶ》く、生気がなかった。今のヘイズさんそっくりだ。

モホートがドラゴンの背中から縄《なわ》ばしごを投げおろした。縄ばしごがそばに揺《ゆ》れながら落ちてきたとき、なぜかミントのにおいがした。

口をぽかんと開けて見ていたぼくとベアトリスに、シャドウェルが言った。

「戦闘用《せんとうよう》ドラゴンを見たことがないのか？　ヘイズ、こいつらが逃《に》げようとしたら、すぐに撃《う》て。ただしできるだけ殺すなよ」

それから恐《おそ》ろしいことに、シャドウェルはトーチャーをすばやく捕《つか》まえた。

まずトーチャーの脚《あし》を縛《しば》ると、長くて太いひもで口をぐるぐる巻《ま》きにした。ぼくらの大事なドラゴンの赤ちゃんは、たちまち縄の塊《かたまり》になってしまった。

「そんなにひどく縛らないで！」と、ベアトリスが懇願《こんがん》した。

「お前が黙《だま》らなきゃ、もっときつく縛りあげてやってもいいぜ」

ベアトリスがうつむいてくちびるをかむと、涙《なみだ》が頬《ほお》を伝って流れ落ちた。

「さて、お嬢《じょう》さんや、あんたはこの小さいドラゴンとヘイズと一緒《いっしょ》にあっちのホーダに乗ってもらう。俺《おれ》とフリッツは、そこのお若《わか》い紳士《しんし》と一緒にいく」

ぼくらが動こうとしないのを見て、シャドウェルはポケットから銃《じゅう》を出した。

「とっととしやがれ、ガキどもめが」と、シャドウェルが言った。

「大好きなパパやママに会いたくねえのかい？」

ベアトリスとぼくは目を見合わせた。やっぱりゴリニチカがぼくらの両親を誘拐《ゆうかい》していたんだ。他《ほか》の行方《ゆくえ》不明者もそうに違《ちが》いない。ベアトリスはシャドウェルをきつくにらみつけると、トーチャーを抱《かか》えたヘイズさんと一緒《いっしょ》にホーダに乗りこんだ。

ぼくはシャドウェルとフリッツと一緒だ。ぼくをホーダの椅子《いす》に座《すわ》らせると、シャドウェルは大きな白い毛皮を投げてよこした。

「さあ、これでシケた砂漠《さばく》ともおさらばだ！」と、シャドウェルが叫《さけ》んだ。

シャドウェルが合図を送ると、ツングースドラゴンが飛び立った。地上を離《はな》れてはじめて、ぼくは残されたランジット王子の姿《すがた》を見ることができた。死にかけているナーガの横に立ち尽《つ》くしている王子の顔には、ナーガと同じ苦悶《くもん》の表情が浮《う》かんでいた。

第15章　氷の宮殿《きゅうでん》

人間には権力《けんりょく》を求めてやまない者と、富を希求するものがいる。人間を相手にするときには、そのどちらであるかを見極《みきわ》めることが肝要《かんよう》だ。

——我《われ》らがうろこなき友についての覚え書き
『リベル・ドラコニス』より

飛び立つなり、黒いツングースドラゴンはものすごい速度で飛びはじめたので、シャドウェルはすぐによろい戸を閉《し》めた。おかげで風が鳴るのはやんだけど、ホーダの中はひどく暑くなった。

ドラゴンは北東に進んで広大な砂漠《さばく》を過ぎ、次に森を横断した。ぼくはしばらくはホーダの隙間《すきま》から下をのぞいていたけれど、やがて断続的な眠《ねむ》りに落ちた。疲《つか》れていたのかもしれない。目が覚めたときには日も落ちていて、空気が冷たかった。行く手には雪をかぶった高い山脈が見える。ぼくは毛皮を体に巻《ま》きつけた。

シャドウェルも毛皮を体に巻きつけ、小さな酒瓶《さかびん》からちびちび飲みながら金を数えていた。ぼくが起きているのに気がつくと、銃《じゅう》を下へふって見せた。

「世界の屋根、ヒマラヤへようこそ」と、シャドウェルが言った。

ぼくはツングースドラゴンも夜には休むだろうと思っていた。あのウワッサですら、続けては飛ばなかった。でもツングースドラゴンは暗くて寒い大気の中を、休むことなく飛び続けた。毛皮を巻きつけていても、寒さで歯の根が合わなかった。

「ちったあ鍛《きた》えたほうがよさそうだな、ぼうや」と、シャドウェルが笑った。

「モホートと一緒《いっしょ》に外で座《すわ》ってみな。骨《ほね》まで凍《こお》るぜ」

太陽が昇《のぼ》ると、ドラゴンはゆっくりと飛んだ。シャドウェルがよろい戸を開けると、信じられないほどすばらしい光景がぼくの目に飛びこんできた。ドラゴンに乗らないかぎり、こんな神秘的《しんぴてき》な情景を見ることはできないだろう。世界でもっとも高い山岳《さんがく》地帯を、ずっと上空から見下ろしているのだ。

「あの山を知ってるか？」

　シャドウェルが、まわりのどの山よりも高い山を指さして言った。

「あれはエベレストってんだ。世界で一番高い山だ」

「そこに行くの？」

「いや、違《ちが》う。その隣《となり》の山、ギャチュンカンだ。このへんの言葉で『百の谷が集まる山』って意味だが、俺《おれ》は『ゴリニチカ山』って呼《よ》ぶのが好きだ」

　その頃《ころ》には、ドラゴンはギャチュンカンの片側《かたがわ》にあ

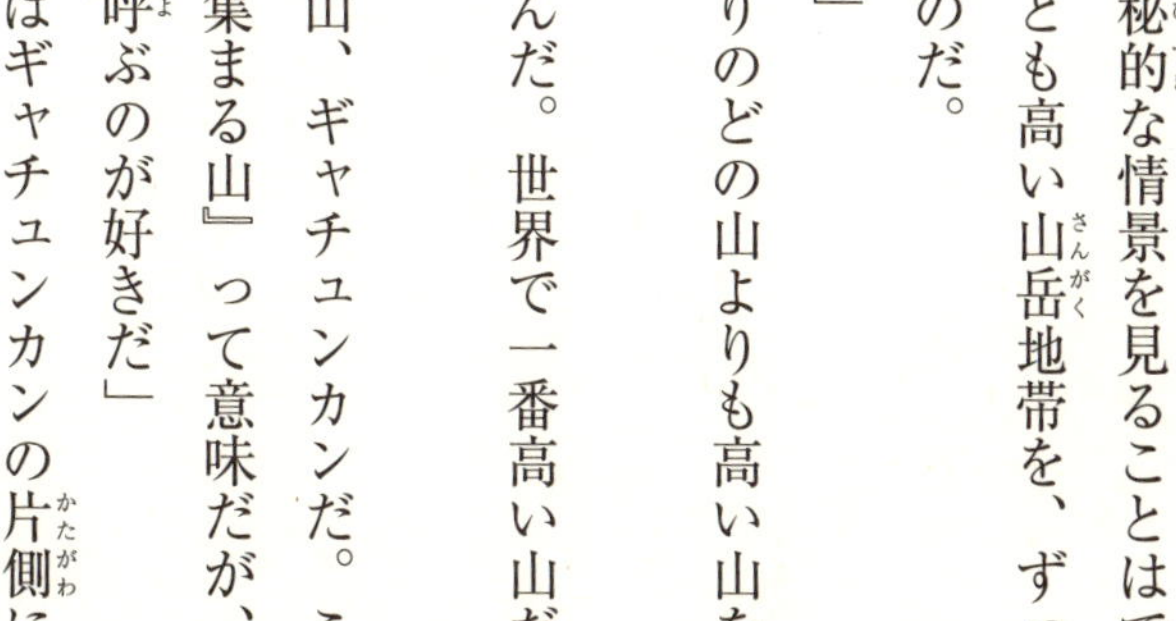

る氷河《ひょうが》の谷の上を旋回《せんかい》しながら高度を下げはじめていた。下には氷でできた建物がいくつか見える。

「ゴジュンパ氷河だ。きれいなもんだろう、え?」と、シャドウェルが言った。

「これは自然が作ったんでも、人が作ったんでもない。ドラゴンが作ったもんだよ。ドラゴンが炎《ほのお》で氷を溶《と》かして作ったんだ」

ツングースドラゴンはついに広い雪原に着陸した。モホートの皮の上着には霜《しも》が分厚くこびりついている。彼らはドラゴンの背《せ》を伝ってきびきびと歩いてくると、ぼくらを降《お》ろすために、縄《なわ》ばしごを雪原に向けて投げおろした。

毛皮《けがわ》を巻《ま》きつけたまま、ぼくらは雪でできた小道を歩いた。ベアトリスがトーチャーを抱《だ》いている。薄《うす》いインドの上履《うわば》きを通して、雪の冷たさがぼくらの足を凍《こお》らせた。足の冷たさを忘《わす》れるために、ぼくはモホートとツングースドラゴンがどうして休まずに飛び続けられたのかを一生懸命《いっしょうけんめい》に考えていた。

すぐに氷壁《ひょうへき》にぽっかりと口を開けている巨大《きょだい》な洞窟《どうくつ》の入口に来た。その奥《おく》には、氷河の中心部に向かう通路がくねくねと続いている。

「でっかいもんだろう、え？」と、シャドウェルが言った。

「5体のドラゴンで2か月がかりで作ったんだとさ。さ、歩いた歩いた！」

ぼくらはシャドウェルとヘイズさんの前を歩かされて、洞窟に入っていった。

やがて重そうな鉄の扉《とびら》の前に出た。2体の巨大なフロストドラゴンが彫像《ちょうぞう》のように扉の両側に座《すわ》っている。あの黒いツングースドラゴンのように、このフロストドラゴンの目もうつろだった。ドラゴンはみな誇《ほこ》り高く、自由でいなければならないのに、ここのドラゴンはどれも魂《たましい》が抜《ぬ》けているようだ。シャドウェルが扉の前で3回手を打つと、フロストドラゴンが鉄の鎖《くさり》を引いて重い扉が開いていった。

ぼくらの背後《はいご》で扉が閉《し》まるや、今度は熱気が押《お》しよせてきた。ぼくらはランプがたくさんともった大きな広間に立っていた。壁際《かべぎわ》にはドラゴンの彫刻《ちょうこく》のある氷の柱が立ち並《なら》び、壁《かべ》にはドラゴンの絵の織りこまれた大きな布がかかっている。氷の床《ゆか》には歩きやすいように木の渡《わた》り廊下《ろうか》ができていた。広間には数多くの鉄の扉《とびら》があり、その奥《おく》には氷の廊下がのびていた。この宮殿《きゅうでん》のどこかに、お父さんたちがいるのだろうか。

木の廊下は広間の終わりで右に折《お》れ、先には1対の小さな扉があった。

「さあ、ゴリニチカ様がお待ちかねだ」と、シャドウェルが言った。

アレクサンドラ・ゴリニチカは、ドラゴンをかたどった大きな玉座《ぎょくざ》に座《すわ》っていた。長く黒い髪《かみ》が美しい顔の横に滑《すべ》り落ちている。玉座は固《かた》い氷でできていて、座り心地をよくするために毛皮が厚く敷《し》かれていた。ぼくらが近づくと、ゴリニチカは顔をあげてほほえんだが、それはいい感じのする笑顔《えがお》ではなかった。

ゴリニチカのそばには若《わか》いフロストドラゴンがいて、頭をゴリニチカの膝《ひざ》に乗せていた。ゴリニチカは機械的にその頭をなでていたが、このドラゴンも他《ほか》のドラゴンと同じく目がうつろだった。ゴリニチカのもう一方の手が胸元《むなもと》でいじっていたのは、セント・ギルバートの角《つの》だった。S.《エス》A.《エイ》S.《エス》D.《ディー》から盗《ぬす》まれた宝物《たからもの》の一つが今、ゴリニチカの首にかかっている。これでドラゴンをあやつっているのだ。

　ぼくらの宝物の入ったかばんを、シャドウェルはゴリニチカの足元に置いた。

「あなたたちにまた会えるなんて」と、ゴリニチカがあざわらうように言った。

「あのときは運があったわね。私はてっきり、あの邪魔《じゃま》なドレイク博士やウォントリーダムと一緒《いっしょ》に、あなたたちも埋《う》まったんだとばかり思っていたわ」

「お父さんたちをどうしたの?」と、ベアトリスが叫《さけ》んだ。

「大人が話しているときには、子どもは静かにしているものよ」

「いいえ、私たちには知る権利《けんり》がある。それにこのドラゴンたちに何をしたの?」

　ゴリニチカは笑った。

「わからないかしら?」と、ゴリニチカは胸元《むなもと》のセント・ギルバートの角《つの》を持ちあげて見せた。

「私に忠誠《ちゅうせい》を誓《ちか》っているツングースドラゴン以外には全部、これを使ったの。ドラゴンの粉もちょっぴりね。ツングースドラゴンは私の家に伝わる昔ながらのやり方で卵《たまご》から育てたから、私のことを母親だと思っているわ」

「全部のドラゴンを、そうやってあやつるつもりなんだね!」

「そうなったら、すばらしいと思わない? 私は真のドラゴンの女王になるのよ。確か5千かそこらしか残っていないとは思うけど。すべてのドラゴンを支配したいわけじゃないわ。頭のいい、私に従《したが》うドラゴンだけを残すの」

「ドラゴン学者を誘拐《ゆうかい》するのはどうして?」と、ぼくはきいた。

「腹立《はらだ》たしいけど、あの人たちの助けが必要なこともあるのよ。不本意ながらもれてしまったドラゴンの伝染病《でんせんびょう》が、ちょっと困《こま》ったことになっているの。ドラゴンを皆殺《みなごろ》しにするつもりはないから、治療法《ちりょうほう》を得るために『採用』したのよ」

「ばかな人ね、お父さんやお母さんがあなたを助けるわけがないじゃない！」

　ベアトリスの言葉に、ゴリニチカの目がギラリと光った。ゴリニチカが合図をすると若《わか》いフロストドラゴンは立ちあがり、恐《おそ》ろしいうなり声をあげた。そして牙《きば》をむき出してベアトリスに襲《おそ》いかかろうとしたとき、トーチャーが縄《なわ》から抜《ぬ》け出し、ベアトリスの前に立ちはだかった。

「トーチャー、やめて！」

　フロストドラゴンのしっぽのひとふりでトーチャーは横ざまに打ち倒《たお》され、氷の床《ゆか》を滑《すべ》っていった。すぐに立ちあがったトーチャーだったが、フロストドラゴンに正面から恐《おそ》ろしい氷の息を吹《ふ》きかけられ、たちまちカチンコチンに凍《こお》りついた。

「その子を殺さないで！」と、ベアトリスが叫《さけ》んだ。

「殺しはしないわよ、まだね」と、ゴリニチカはぴしゃりと言った。そして怒《おこ》った顔でシャドウェルのほうを向いた。

「私に服従《ふくじゅう》していないドラゴンはしっかり縛《しば》りあげるように、と言っておいたはずよね。今度同じことがあったら、承知《しょうち》しないから」

口の中で何か弁解《べんかい》しながら、シャドウェルはトーチャーを部屋から連れ出した。

フリッツがそのあとを追って飛んでいった。

「私に従《したが》わないとこうなるのよ。それでもお前たちは私を助けないの？」

「絶対にいやだ」と、ぼくは答えたけど、ゴリニチカは笑っただけだった。

「おやそう。でも、お前たちはもう私を助けてくれているのよ」

足元のかばんから宝物《たからもの》を取り出したとき、ゴリニチカの顔に笑《え》みが広がった。

「『リベル・ドラコニス』とセント・ペトロックの聖杯《せいはい》！　S.A.S.D.《エスエイエスディー》の宝物を二つも持ってきてくれたのね。こんな貴重《きちょう》なものを、子どもがどうしようというのかしら。治療法《ちりょうほう》を探《さが》している博士のところに持っていくつもり？」

ゴリニチカは本を開いた。そのとたん、笑みが彼女《かのじょ》の顔から消えた。

「どうして白紙なの」

ぼくらは押《お》し黙《だま》ったまま、どちらも答えなかった。

「ドラゴン学者はみんな同じね！」と、ゴリニチカが叫《さけ》んだ。

「でも最後には話すことになるわ。お前たちの両親を今、捕《つか》まえているのはだれかしら？　でも、いいわ、お前たち二人には別の使い道もあるから。ドレイク博士を捕《と》らえようものなら、お前たちの命は博士に治療薬を作らせる十分な理由になる」

「博士を捕まえる必要なんかない。博士にその宝物が届《とど》けば、どこにいても博士は治療法を見つけるし、どんなドラゴンにだって薬を分けてくれるよ」

「それがいやなの。ドレイク博士は治療が必要なドラゴン全部に、薬をあたえてしまうでしょう。でも私は、私に従うドラゴンにしか薬はやりたくないのよ！」

ゴリニチカは立ちあがって指を鳴らすと、玉座《ぎょくざ》の後ろで静かに待っていたフロストドラゴンを下がらせた。

　そして宝物《たからもの》を持つと、玉座《ぎょくざ》の間から広間を通って長い廊下《ろうか》へぼくらを連れ出した。曲がった階《かい》段《だん》をいくつも降《お》りてたどり着いた、重い鉄でできた扉《とびら》の前で、ゴリニチカは呪文《じゅもん》を唱えた。

「ユニコルヌコピア！」

　扉の中は部屋全体が氷でできた、巨大な宝物《ほうもつ》倉《ぐら》だった。そこにゴリニチカがウォントリーダムから盗《ぬす》んだ宝物、スプラターファックスと、セント・ジョージの槍《やり》があることに気がついた。他《ほか》にも多くの剣《けん》や杯《さかずき》、お守りやら、ありとあらゆる色の宝石が床《ゆか》の上にうずたかく積みあげら

れている。その一番上に、短い翼《つばさ》のついたピンクのイモムシのようなものがいた。ぐっすり眠《ねむ》っているらしい。

「セント・ギルバートの角《つの》を間抜《まぬ》けなイグネイシャス・クルックから取りあげて以来、私が手に入れた中で、一番すばらしいドラゴンがこれよ」

ゴリニチカはイモムシを指さした。

「これは純血種のバシリスクなの。生きているものの中で、もっとも恐《おそ》ろしい生き物よ。どんなものにも姿《すがた》を変えられるの。今や、私の宝物の無敵の番人よ」

耳ざわりな笑い声をたてて、ゴリニチカは『リベル・ドラコニス』と杯を他の財《ざい》宝《ほう》の上に置き、黙《だま》ってついてきたヘイズさんのほうに向き直った。

「シャドウェルをここで待ちなさい。銃《じゅう》はいつも子どもたちに向けておくように」

そしてぼくらのほうを見て、薄笑《うすわら》いを浮《う》かべながら言い足した。

「少しでも逃《に》げ出すような気配が見えたら、撃《う》ちなさい。構《かま》わないわ」

第16章　うれしい再会

世界中の動植物については、多くのことが解明されてしまっているが、こと人間学の分野では、いまだに心躍《おど》る新発見への道が開いている。
——我《われ》らがうろこなき友についての覚え書き
『リベル・ドラコニス』より

シャドウェルはぼくらを宝物倉《ほうもつぐら》から連れ出すと氷《こおり》の廊下《ろうか》を通り、さらにいくつもの階段《かいだん》を降《お》りた。シャドウェルは、格子《こうし》のついた重い金属の扉《とびら》の前でやっと止まった。扉は氷の壁《かべ》の中に埋《う》めこまれている。

「新しい家へようこそ」

シャドウェルはぼくらを横目で見ながら、大きな鍵束《かぎたば》から錠前《じょうまえ》に合う鍵を見つけると、扉を開いた。

　中に入ってすぐ、お母さんの姿《すがた》が見えた。次にお父さん。ジャイサルメールで働いていたから肌《はだ》は日に焼けていたけれど、それ以外は4年前、最後に見たときと変わってなかった。すぐには目にしたものを信じられなくて、ぼくはその場に立ち尽《つ》くした。

「ダニエル！　ベアトリス！」

　お母さんは走ってくると、ぼくらのことをぎゅっと抱《だ》きしめた。お父さんも駆《か》けよってきた。扉が音をたてて閉《し》まり、シャドウェルは出ていったが、ぼくらは気にしなかった。

　それからぼくらは、何度もぎゅっと抱き合いながら、何もかも話した。ドレイク城《じょう》にマハラワルからの電報《でんぽう》が届《とど》いてから起こったことを、全部だ。

「ドラゴンたち自身が宝物《たからもの》のありかを教えるなんて。今回の行動は、極《きわ》めて異例《いれい》だわ」と、お母さんが言った。「ドレイク博士でさえ、『リベル・ドラコニス』とセント・ペトロックの聖杯《せいはい》に治療《ちりょう》の鍵《かぎ》があるとは、気づいていないと思うの。博士はまだドラゴン・マスターになったばかりで、引《ひ》き継《つ》ぐべき知識を受け取りきっていないと思うから」

「そうだな」と、お父さんも賛成した。「だからドラゴンたちが、お前たちを頼《たよ》ったというのは大変に名誉《めいよ》なことなんだよ」

「うん。でもトーチャーがいなかったら、宝物《たからもの》は見つけられなかったよ」

「トーチャーは、ヨーロッパドラゴンの赤ちゃんなのよ。私たちが卵《たまご》から育てたの。でもゴリニチカに捕《つか》まってしまったわ！」

ベアトリスは泣きはじめた。

「ゴリニチカは、トーチャーをどうするつもりなのかしら？　もし凍《こお》ったままだったら死んじゃうわ。それに、もしゴリニチカが『リベル・ドラコニス』を読む方法に気づいたら、ドラゴンを支配するもっと大きな力を手に入れることになるわ」

「何か手があるはずよ」と、お母さんがベアトリスの頭を優《やさ》しくなでた。

「もちろんだとも！　トーチャーと宝物の両方を取りもどして、ドレイク博士の元へ届《とど》ける方法を考えよう」と、お父さんが言った。

「セント・ギルバートの角《つの》も取りもどさなきゃね」と、ぼくは言った。

「そうすれば、ゴリニチカはそう簡単《かんたん》にドラゴンをあやつれなくなる」

　でも氷の宮殿《きゅうでん》の地下に閉《と》じこめられているのに、どうやったらトーチャーと宝物を取り返せるんだろう。ここには本当に、なんの道具もないのだ。

　そのとき、ぼくらは廊下《ろうか》にシャドウェルの声を聞いた。扉が開くとそこには、驚《おどろ》いたことにニーアとガメイさん、それにベルナルドさんが立っていた。シャドウェルがぼくらの機嫌《きげん》を取るように優しい声を出した。

「ちっと混《こ》み合うが我慢《がまん》してくれよ。新しく研究室を作るんで場所がいるんだ。感動の再会ってのは大好きなんだが、博士を追跡《ついせき》しなきゃならないんでね。そろそろ博士も、ここにどんな人間がいるのか知ってもいい頃《ころ》だわな」

シャドウェルは廊下《ろうか》に身を乗り出して叫《さけ》んだ。

「おい、こっちへこい！」

いつものように無表情なヘイズさんが銃《じゅう》を携《たずさ》えて入ってきて、壁際《かべぎわ》で銃口をこちらへ向けて立った。それを見て、ニーアがぽかんと口を開けた。

「こいつらが逃《に》げようとしたら、撃《う》つんだ」

シャドウェルはそう命令すると、高笑いをしながら出ていった。

そのとたん、ニーアはヘイズさんに駆《か》けよった。

「父さん！」と首に抱《だ》きついた。でも、ヘイズさんはかじりつこうとするニーアを邪険《じゃけん》に押《お》しのけただけだった。ニーアはくちびるを震《ふる》わせた。

「父さん、どうしたっていうの？　私がわからないの？」

「静かにしろ」と、ヘイズさんが感情のない声で言った。

「お父さんはきっと、ゴリニチカに催眠術《さいみんじゅつ》をかけられているんだわ」

ベアトリスがなぐさめると、ニーアはわんわん泣きはじめた。やっとお父さんに会えたのに、お父さんにはニーアのことがわからないなんて。

「催眠術を解く方法はあるよ。心配しなくてもいいよ」

ぼくとベアトリスは、ニーアをヘイズさんから遠い隅《すみ》に連れていって座《すわ》らせた。

その間にガメイさんは、お父さんたちにドレイク城《じょう》からここまでの話をした。

「シャドウェルとその手下に誘拐《ゆうかい》されました。ダニエルたちがトーチャーを連れて脱出《だっしゅつ》してくれたし、ダーシーも森まで逃《に》げおおせましたけど、私とニーアは捕《つか》まり、どこかの倉庫へ連れていかれました。そこに戦闘用《せんとうよう》ドラゴンが来ました。ゴリニチカの手下はパリでも、弟のベルナルドとフランスのドラゴン・マスターを襲《おそ》いました。ドラゴン・マスターだけはパンテオンが逃がしたのですが、パンテオンはそのときにひどい怪我《けが》をしました。今もここに囚《とら》われているはずです」

それを聞いたベアトリスが、ぼくらをパリから逃《に》がすためにパンテオンがとった作戦を話した。話を聞き終わったガメイさんが、ぼくらにたずねた。

「ドレイク博士には会えたの？」

「いいえ」と、ぼくは答えた。

「ぼくらもタール砂漠《さばく》でシャドウェルに捕《つか》まったんです。でも、マハラワルの甥《おい》のランジット王子が、博士は中国《ちゅうごく》のお寺に行ったと教えてくれました。龍《ロン》の治療薬《ちりょうやく》を作っている僧侶《そうりょ》を手伝っているんですって。でも、ぼくらのことを知ったら、薬作りを中断してここへ来ちゃうかもしれない」

「ここへ来させてはいけないわ、罠《わな》です」と、ガメイさんがきっぱりと言った。

「だからぼくらは、自力でここから脱出《だっしゅつ》しなきゃいけないんです」と、ぼくは言った。するとベアトリスが横目でぼくを見た。

「まず、ヘイズさんの催眠術《さいみんじゅつ》を解きましょう」

ぼくも以前、トーチャーの兄のスコーチャーに催眠術をかけられて、ドレイク博士がくれた苦い薬で正気にもどったことがある。ここにその薬はないけど、博士はたくさん計算するのも効果があると言っていた。

「ねえ、ニーア。君はドラゴンに催眠術をかけられたことがある？」

「あるわ。そのときには山ほどの算数の問題を解いている間に、古いスペイン語の歌を聞かせてもらったの。私を育ててくれたメキシコ人の女の人が歌ってくれたのよ。問題を解いている間ずっと聞いていたから、歌も九九もすっかり覚えたわ。『バンターレ、バンターレ、バンターレ、バンターレ』って、優《やさ》しく歌うのよ」

「すばらしい」と、お父さんが言った。「ニーアがその歌を歌っている間に、ベアトリスとダニエルは、ヘイズさんに算数の問題を解いてもらいなさい」

そこでぼくらは3人でヘイズさんの隣《となり》に座《すわ》りこんだ。ぼくがまず問題を出した。

「ヘイズさんは算数がとっても得意だと、ニーアに聞きました。お父さんたちに説明したいことがあるんですけど、うまく言えなくて困《こま》ってるんで、助けてもらえませんか。ワイバーンがパリから7時間飛んで、その距離《きょり》が345キロメートルだったとき、どれだけの速さで飛んだって言えばいいんでしょう？」

ヘイズさんは、答えていいものかどうか考えるようにぼくらを見たけれども、結局計算を始めた。

「ワイバーンは時速約49キロメートルの速度で飛んだ」

「そのワイバーンは、片側《かたがわ》の翼《つばさ》の長さが2・4メートルあるんです。両方の翼を広げたら、どのくらいの長さになるのかしら？」と、今度はベアトリス。

「4・8メートル」

ぼくらがこんなふうに次々と問題を出し続けたので、ヘイズさんは困《こま》ったような顔になった。でも、早く催眠《さいみん》から覚めてもらうためにやるしかない。ぼくら自身のためにも、そしてドレイク博士やドラゴンのためにも。

ぼくらには運があった。ぼくらの見張りをずっとヘイズさんがすることになったのだ。おかげでぼくらは、いつもヘイズさんを算数の問題責めにできた。問題はどんどん難《むずか》しくなり、ニーアはヘイズさんの横で例の歌を小さい声で歌い続けた。

3日目の午前中からは、ベルナルドさんが問題を出してくれた。

「113・4を7倍すると？　2971万1133に3万8998を足したら？　100を8で割《わ》るといくつ？　64の平方根に8の2乗をかけたらどうなる？」

ヘイズさんもどんどん答えた。

「793・8。2975万131。12・5。512」

4日目の朝も、はじめはいつもと変わらなかった。でも、ぼくらが問題を出しはじめて30分ぐらいしたとき、ヘイズさんは銃《じゅう》をおろした。そしてたった今、初めて気がついたかのような顔をしてぼくらを見あげた。

「ニーアじゃないか」と、ヘイズさんはささやいた。

「本当にニーアかい？」

ニーアが叫《さけ》んだ。

「父さん！　ああ、父さんが帰ってきた！」

ニーアは腕《うで》をヘイズさんに巻《ま》きつけると、ぎゅっと抱《だ》きしめた。お父さんたちもヘイズさんと固い握手《あくしゅ》をかわした。

ヘイズさんがお父さんたちに言った。

「いろいろ聞かせてもらわなくちゃなりませんね。タール砂漠《さばく》にいたはずが、気がついたら算数の問題責めにあっていたんですから」

そこでこれまでのことを、みんなでヘイズさんに教えた。

「私たちの脱出《だっしゅつ》作戦に協力してください。ゴリニチカたちの前では、催眠《さいみん》にかかっている芝居《しばい》を続けてもらえますか」

「もちろんですとも。俺《おれ》も脱出《だっしゅつ》する方法を探《さが》してみます」

ヘイズさんはそれからも催眠にかかっているふりをして、ぼくらの見張りについた。ぼくらと一緒《いっしょ》にいない時間には、疑《うたが》われないように気をつけてゴリニチカの氷の宮殿《きゅうでん》の内部をできる限り調べてくれた。

「歩いて出るのは無理です。ここから何百キロメートルも先まで氷河《ひょうが》と山脈が続いている。何の装備《そうび》もなく屋外に出たら、5分ともちません。ここへの出入りは、ドラゴンに頼《たよ》っています。黒くて大きなツングースドラゴンが多いが、他《ほか》のドラゴンもいます。しかも毎日新しいドラゴンがやってきていて、数が増えているんです」

「そんなに多くのドラゴンを支配下に置くには、大量のドラゴンの粉が必要だ」

ベルナルドさんが考え深げに言った。

「セント・ギルバートの角《つの》の効果にしても、そういつまでも続かない。そんなに大量のドラゴンの粉をどこで手に入れているんだろう。粉の入手を妨害《ぼうがい》できれば、逃《に》げ出せる公算も大きくなるというものだが」

「ドラゴンの粉についてはわからない。俺《おれ》が入れたのはドラゴンの居住区とこのあたりの牢屋《ろうや》、それに宮殿《きゅうでん》の主な部分だけです。でも、わかったことがあります」

ぼくらはじっと、ヘイズさんの言葉を待った。

「やっぱり病原菌《びょうげんきん》をばらまいたのは、ゴリニチカのようです。どうやってだか、ゴリニチカは、ドラゴンを死に至《いた》らしめると言われる粉が入った古い小瓶《こびん》を手に入れたんです。最初は軽い症状《しょうじょう》しか引き起こさなかったので、古くなったせいで効力が弱まったと思ったらしい。ところがそれは、世界中のドラゴンを殺すかもしれない伝染病《でんせんびょう》になってしまったという訳《わけ》です」

その夜、ヘイズさんはぼくらをびっくりさせるものと一緒《いっしょ》にもどってきた。ヘイズさんが扉《とびら》を開けるなり、部屋に走りこんできたのはトーチャーだった。

第16章　うれしい再会

「トーチャー！」

ベアトリスとぼくは、思わず叫《さけ》んでしまった。

ぼくらはトーチャーに駆《か》けよると、抱《だ》きしめたりなでたりした。トーチャーも元気にしっぽをふり回しているところを見ると、凍《こお》らされた後遺症《こういしょう》はなさそうだ。

「どうやって連れ出せたんですか？」

「ドラゴンの居住区の隅《すみ》にいたんだが、そこにいたパンテオンというガーゴイルが連れ出すのを手助けしてくれたんだ」

ヘイズさんが教えてくれた。

「パンテオンですって！」と、ガメイさんが叫《さけ》んだ。

「彼《かれ》は元気ですか？」

「元気とは言えないが、無事な様子でした」と、ヘイズさんが言った。

「ゴリニチカが使うドラゴンの粉は、ツングースドラゴンのものでした。自分に従《したが》うドラゴンを増やすために、ゴリニチカは多くの母ドラゴンに卵《たまご》を生ませ、その巣から大量の粉を採集していたのです。これはガーゴイルには効かないんですが、パンテオンは俺《おれ》と同じように、催眠術《さいみんじゅつ》にかかったふりをしていました。パンテオンによれば、彼に従っているガーゴイルの一党《いっとう》が宮殿《きゅうでん》の外で救出《きゅうしゅつ》の機会をうかがっているそうです。パンテオンは脱出《だっしゅつ》できると固く信じてますが、我々《われわれ》もできるだけ早く脱出しなければならなくなりました」

「なぜですか？」と、ガメイさんがきいた。

「ドラゴン使いのモホートたちの話を盗《ぬす》み聞いたのですが、明日の夜、戦闘《せんとう》部隊が出撃《しゅつげき》するそうです。ゴリニチカがドレイク博士の居場所をつきとめたに違《ちが》いありません。博士がゴリニチカに捕《つか》まったら最後、ゴリニチカは協力しなければ人質《ひとじち》を殺すと脅《おど》して、博士に薬を作らせてしまうでしょう」

一様に不安になったぼくらに、ヘイズさんは、にやりとして続けた。

「でも、いい知らせもあります。知っての通り、ツングースドラゴンはドラゴンの粉でゴリニチカの言いなりになっているわけじゃない」

「ゴリニチカは卵《たまご》から育てたからだって言ってたけれど」と、ぼくが言った。

「でも、実際《じっさい》にゴリニチカが世話をしたわけじゃない。1体ずつ育てたにしては数が多すぎる。ツングースドラゴンは、モホートの言うことをきいているんだ」

「ドラゴン使いが育ててたんだね！」と、ぼくは叫んだ。

「その通り。他《ほか》の種類のドラゴンと違って、ツングースドラゴンは成長しても知性が育たない。だから、モホートたちは自分のドラゴンに簡単《かんたん》な合図で言うことをきかせるしかない。耳の後ろをつつけば『上昇《じょうしょう》せよ』だし、頭をたたけば『下降《かこう》せよ』だ。首の後ろを強くつけば『攻撃《こうげき》せよ』になる。その他《ほか》は手綱《たづな》で合図するんです」

「方法を知っていれば、だれでも制御《せいぎょ》できるのだね」と、ベルナルドさん。

「それにもう一つ」と、ヘイズさんが言った。

「ツングースドラゴンは主人のモホートを、目ではなく鼻で嗅《か》ぎ分けています。そのためにモホートの制服は、特別に調合された香水《こうすい》と薬草で洗《あら》われている」

「モホートからミントのにおいがしたのは、そのせいだったんだ」

ぼくは大きくうなずいた。

「私のほうのモホートも同じにおいがしたわ」と、ベアトリスが言った。

「だから、もし俺《おれ》がモホートの制服を盗《ぬす》み出せれば、ツングースドラゴンをだまして、言うことをきかせられるかもしれない」

「危険《きけん》だな」と、お父さんが低い声で言った。ヘイズさんもため息をついた。

「かなり危険だと思う。でも一番難《むずか》しいのは、モホートたちの体型だ。彼《かれ》らはかなり小さい。彼らの制服を着て、モホートに見えるとすれば……」

「子どもたちしかいないわ」

お母さんがささやくように言った。

「心配しないで、お母さん。ぼくらはもうドラゴンに乗ったことがあるんだよ」

ぼくが言うと、ベアトリスが力強くうなずいて、ぼくの手をギュッと握《にぎ》った。

ぼくらの脱出《だっしゅつ》計画を実行に移すときが来た。

第17章　宮殿《きゅうでん》からの脱出《だっしゅつ》

年若《としわか》い人間を守るときには、全力を尽《つ》くせ。だが、必要以上に心配してはならない。なぜなら人間は珍《めずら》しくもなく、特別変わった生き物でもない上、どう転んでも絶滅《ぜつめつ》することがないからだ。

――人間学の手引《てびき》『リベル・ドラコニス』より

ぼくらは3組に分かれることになった。1組目はニーアとガメイさんに、ヘイズさんだ。3人はモホートの詰《つ》め所《しょ》に行き、モホートの制服を3人分盗《ぬす》む。

2組目のぼくとお父さんは、宝物《たからもの》を宝物倉《ほうもつぐら》から取りもどすのだ。お父さんとヘイズさんは、準備のために部屋の壁《かべ》から大きな鏡を取り外した。

「鏡を何に使うの？」ときくと、お父さんが教えてくれた。

「ドレイク博士によれば、これがバシリスクを相手にするときの正しいやり方なんだ。お前も知っていると思うが、バシリスクの武器は猛毒《もうどく》の牙《きば》だ。バシリスクは常に一番危険《きけん》だと判断《はんだん》した相手から攻撃《こうげき》する。たいていは鏡に映《うつ》った自分の姿《すがた》を最も危険だと判断するようだ。宝物を取りもどす間、鏡がバシリスクを引きつけておいてくれるように祈《いの》ろう」

3組目のベアトリスとお母さん、ベルナルドさんの3人は、宮殿《きゅうでん》に火をつけてまわる役。この氷の宮殿を温めているのは石炭だが、大量の備蓄《びちく》が宮殿の地下の貯蔵《ちょぞう》庫《こ》にあることをヘイズさんがつきとめたのだ。ベアトリスたちはまず、トーチャーをくすぐって中央広間の壁《かべ》を覆《おお》っている織物に火をつける。そして敵の目が広間に集まっているうちに、石炭の貯蔵庫にも火をつける。でも、本当の狙《ねら》いは騒《さわ》ぎにまぎれてパンテオンを救《すく》いだすことだ。

それぞれの任務を果たしたらドラゴンの居住区に集合し、ドラゴンに乗って脱出《だっしゅつ》する手はずだ。すごく大変だと思うけど、やるしかない。

　ヘイズさんは、扉《とびら》の外にだれもいないことを確かめると、ガメイさんとニーアを連れてモホートの詰《つ》め所《しょ》へ向かった。トーチャーは、お母さんとベアトリスとベルナルドさんと一緒《いっしょ》だ。

「がんばって！」

　ぼくはベアトリスとお母さんを抱《だ》きしめた。二人は覚悟《かくご》を決めた顔で笑った。

　最後にぼくとお父さんが廊下《ろうか》に滑《すべ》り出て、宝物倉《ほうもつぐら》をめざした。宝物倉のあたりは人気《ひとけ》がなくて、がらんとしていた。見張り番さえいない。

「ゴリニチカは一番のお気に入りの威力《いりょく》を、少しばかり過信しているようだな」

　お父さんは宝物倉の扉に近づくと、体の前に鏡を構えた。お父さんの合図でぼくは扉の脇《わき》に立ち、ゴリニチカが扉を開けるために使った呪文《じゅもん》を唱えた。

「ユニコルヌコピア！」

扉が開くと、お父さんは鏡を楯《たて》がわりにして、部屋の中へゆっくり入った。扉の陰《かげ》からはヤクの赤ちゃんしか見えない。あれが本当にヤクの赤ちゃんだとすれば、バシリスクの餌《えさ》だろうし、そうでなければ姿《すがた》を変えたバシリスク本体だ。

突然《とつぜん》、柱に巻《ま》きついていた金色の蛇《へび》の彫刻《ちょうこく》が、コカトリスに姿を変えた。それからすぐ、少し小ぶりなワイバーンに変わった。本物のバシリスクはこっちだ。バシリスクはお父さんの鏡に気がつくと、はたと鏡に見入った。

「急いで、鏡を見つけたよ！」

ぼくの声にお父さんは、鏡を氷の壁《かべ》に立てかけると、宝物倉の片隅《かたすみ》へ走りこんで姿を消した。ワイバーンは一瞬《いっしゅん》、お父さんを目で追ったが、すぐに視線を鏡にもどした。アメリカアンフィテールの赤《あか》ん坊《ぼう》に姿を変えると、鏡に突進《とっしん》していく。牙《きば》をむき出し、口から泡《あわ》をふいて怒《いか》り狂《くる》っている。

「ダニエル、今だ！」と、お父さんが叫《さけ》んだ。

ぼくは宝物倉《ほうもつぐら》の中に飛びこむと、二つの宝物《たからもの》を探《さが》した。セント・ペトロックの聖《せい》杯《はい》はすぐに見つかったが、『リベル・ドラコニス』が見あたらない。ぼくは財宝《ざいほう》の山に登った。

「急げ！」と、お父さんが叫《さけ》んだ。お父さんの後ろで、バシリスクが鏡に映《うつ》った自分を見つめているのが見えた。自分自身に催眠術《さいみんじゅつ》をかけようとしているみたいだ。そのとき、ぼくは『リベル・ドラコニス』が財宝の山のふもとに落ちているのを見つけた。バシリスクは、鏡の中の敵に向かって攻撃《こうげき》をしかけようとして数秒ごとに姿《すがた》を変えている。コカトリスからワイバーンへ、ワイバーンからヒドラへ、ヒドラから有袋《ゆうたい》ドラゴンへ。

「本があった！」

ぼくが叫んだのと、バシリスクがヒドラにもどったのは、ほぼ同時だった。鏡の中へつっこみながら、3つの頭が恐《おそ》ろしい金切声《かなきりごえ》をあげた。ぼくが『リベル・ドラ

コニス』をつかむと、お父さんがぼくを抱《かか》えて部屋をとび出した。

ヒドラはあの大きな鏡を頭つきで粉々《こなごな》にしてしまった。宝物倉《ほうもつぐら》の扉《とびら》を閉《し》める直前、怒《いか》りに我《われ》を忘《わす》れたバシリスクが、砕《くだ》けた鏡の破片《はへん》一つ一つに敵の姿《すがた》を見つけて、3つの首をくねらせているのが見えた。あれはちょっとおもしろかった。

それから、ぼくとお父さんはドラゴンの居住区へ急いだ。廊下《ろうか》を走っていると、床《ゆか》に水がちょろちょろと流れはじめた。ベアトリスたちは石炭の貯蔵庫《ちょぞうこ》にうまく火をつけられたらしい。宮殿《きゅうでん》が溶《と》けるのも時間の問題かもしれない。

パンテオンは無事に逃《に》げられただろうかと心配しはじめたとき、パンテオンの声が、どこか上のほうから聞こえてきた。外のガーゴイルたちに戦うように呼《よ》びかけているのだ。思わずにっこりしたとたん、もっと大きくて低い吠《ほ》え声が宮殿中に響《ひび》きわたった。これは警報《けいほう》らしく、すぐに大勢の男たちが廊下《ろうか》をぼくらのほうへ押《お》しよせてきた。ぼくとお父さんは廊下を折《お》れ、目の前にあった扉の中に入りこんだ。

閉めた扉を開けられないように、脇《わき》にあった木箱を扉の前に置いてふりむいたとたん、息が止まった。

そこは大きな氷の洞窟《どうくつ》で、20体ぐらいのツングースドラゴンが数体のフロストドラゴンを取り囲んでいた。洞窟の中央には背《せ》の高い台座《だいざ》があったが、そこに立っていたのは、アレクサンドラ・ゴリニチカだった。セント・ギルバートの角《つの》をまさに今、吹《ふ》かんとするところだ。天井《てんじょう》に漂《ただよ》う煙《けむり》はドラゴンが吐《は》いた粉を焚《た》いたものらしい。ゴリニチカがぼくらを見つけた。すぐにツングースドラゴンの炎《ほのお》がぼくらを襲《おそ》った。お父さんとぼくはそこらじゅうにある木箱の陰《かげ》に隠《かく》れながら、向こうの壁《かべ》にあったもう一つの扉から逃げ出した。さらにいくつかの廊下を駆《か》け抜《ぬ》け、ついにお父さんとぼくはドラゴンの居住区にたどり着いた。この頃《ころ》には足元の水は床上2センチメートルぐらいまでになっていた。

ドラゴンの居住区は円形の洞窟で、屋根がなかった。頭の上には星空が見え、ヒマラヤ山脈の白い頂上《ちょうじょう》が見える。氷の壁《かべ》には大きな鉄格子《てつごうし》の門がいくつもはまっている。その奥《おく》がツングースドラゴンのねぐらだ。その門の一つが開けられていた。そばにはヘイズさんとガメイさん、それにニーアがいて、背中《せなか》にホーダをくくりつけた3体のツングースドラゴンが門をくぐって出てきた。ニーアはもうモホートの制服に着替《きが》えており、ドラゴンに指示を出すためのアンクスを持っている。すぐそばに2組の制服が置いてある。ぼくはやっと作戦がうまくいくような気がしてきた。

ヘイズさんが警備兵《けいびへい》を銃《じゅう》でおさえこんでいる間に、ニーアとガメイさんは1体目のドラゴンに乗りこんだ。ぼくも急いで制服を着ると、横に置いてあったアンクスを手に取った。宝物《たからもの》はお父さんがしっかり持っている。ぼくはお父さんと2体目のドラゴンに乗りこんだ。ドラゴンがぼくのほうを向いたので、「プライシク　ボヤール！」と挨拶《あいさつ》したが、ドラゴンは返事をしなかった。

ホーダからドラゴンの背中づたいに鞍《くら》まで歩き、手綱《たづな》を握《にぎ》ったとき、お母さんたちが洞窟《どうくつ》へとびこんできた。３人の兵士が追《お》いかけてきたが、お母さんたちとの間に立って必死で炎《ほのお》を吐《は》いているトーチャーのせいで進めない。ベアトリスは大急ぎで制服を着こんだ。

お母さんとベルナルドさんも3番目のドラゴンのホーダへ乗りこめたが、トーチャーの炎が切れた隙《すき》に、３人の兵士がヘイズさんに迫《せま》ってきた。一人はなんとか打ち倒《たお》したものの、その拍子《ひょうし》にヘイズさんは氷に足を滑《すべ》らせて転んでしまった。そのとき、居住区の氷の壁《かべ》がヘイズさんの真横で爆発《ばくはつ》した。ヘイズさんは体を転がしてギリギリでかわしたけど、ぽっかりと開いた壁の穴《あな》から姿《すがた》を現したのは、怒《いか》り狂《くる》っている巨大《きょだい》なツングースドラゴンだった。そいつは、まっすぐにヘイズさんに近づいていく。

ぼくとお父さんの乗ったドラゴンが一番近かった。ぼくは手綱《たづな》を取ると、アンクスでドラゴンの首の後ろを強くついて「攻撃《こうげき》」を命令した。しばらくは何も起きなかったが、突然《とつぜん》ぼくのドラゴンが大声で吠《ほ》えた。ヘイズさんに迫《せま》っているドラゴンと、戦うつもりだ。このモホートの制服がどうか耐炎性《たいえんせい》でありますように。さもないと勝負に勝ったとしても、ぼくは焦《こ》げてパリパリになってしまうだろうから。

「先に飛んでいって！」と、ぼくはニーアとベアトリスに叫《さけ》んだ。

「ぼくとお父さんがヘイズさんを連れていく！」

「ゲルプサール！」と、ドラゴンの耳の後ろをアンクスでつつきながら、ベアトリスが叫んだ。

「アルグライ！」と、ニーアも叫んで、アンクスを使った。

ベアトリスとニーアのドラゴンはすぐに舞《ま》いあがったが、2体とも少し上空で弧《こ》を描《えが》いて飛んでいるだけだ。待たなくてもいいのに。ヘイズさんとトーチャーはこちらに来ようとしていたが、あの怒《いか》れるドラゴンが前をふさいでいる。ヘイズさんとトーチャーの後ろには、ゴリニチカとシャドウウェルも姿《すがた》を現し、さらに何人もの兵士とドラゴンまでついてきた。

「やつを殺せ！」

ゴリニチカが叫んでヘイズさんを指すと、巨大《きょだい》なツングースドラゴンはヘイズさんに向かって突進《とっしん》した。牙《きば》をむき出して迫《せま》ってきたドラゴンの鼻先を、ヘイズさんはどうにかこうにか、つかんだ。そして勢いをつけて頭に駆《か》けあがると、首と肩《かた》を伝って、ニーアのドラゴンから垂《た》れていた縄《なわ》ばしごに向かって大きくとんだ。

ほっとしたことに、ヘイズさんはなんとか縄の先にしがみついた。

ぼくは鞍《くら》から身を乗り出して、トーチャーを探《さが》した。トーチャーはまだ水びたしの床《ゆか》の上にいた。３体のドラゴンがかぎ爪《づめ》をつき出して迫っている。どうやったってあそこには間に合わない。ぼくの気持ちは重く沈《しず》んだ。そのとき頭上から、ベアトリスの興奮《こうふん》した声が聞こえてきた。珍《めずら》しくベルナルドさんの叫び声も聞こえる。

「ガーゴイルたちも加勢《かせい》に来たぞ！　ガーゴイル万歳《ばんざい》！」

パンテオンが来てくれたのだ。パンテオンとその仲間たちは吹《ふ》き抜《ぬ》けの天井《てんじょう》からまっすぐに降《お》りてきた。あたりは吹き出される炎《ほのお》と、ぶつかり合うドラゴンでいっぱいになった。氷の宮殿《きゅうでん》の壁《かべ》も崩《くず》れはじめ、氷のかけらがそこらじゅうに浮《う》かびはじめた。ゴリニチカとシャドウェルは、立ちこめる湯気と黒い煙《けむり》の中で見えなくなった。

ぼくのドラゴンは猛々《たけだけ》しく頭をふると、前をふさいでいたツングースドラゴンを頭つきで押《お》しのけた。それから何歩か踏《ふ》み出し、弧《こ》を描《えが》きながら大混乱を抜《ぬ》け出して舞《ま》いあがった。

洞窟《どうくつ》を出ると、頭の上には夜空が広がっていた。待っていてくれた他《ほか》の2体と合流すると、下からパンテオンが姿《すがた》を現した。

「トーチャーを助けて！　まだ下にいるんだよ！」

ぼくが言うとパンテオンは再び洞窟へと急降下《きゅうこうか》し、数分後にもどってきたときには、腕《うで》の中にトーチャーを抱《かか》えていた。

パンテオンはトーチャーをガメイさんに渡《わた》すと叫《さけ》んだ。

「東だ！　東へ飛ばねば！」

ぼくらは一団となってギャチュンカンの山をあとにした。ぼくらの背後《はいご》で、怒鳴《どな》り声やうなり声がだんだん遠のいていった。

エベレストの斜面《しゃめん》を越《こ》えてすぐ、ぼくらはV《ブイ》字《じ》隊列を組んだ。先頭のパンテオンにぼくらのドラゴンが続き、その後ろにパンテオンの一党《いっとう》が続いた。ついにぼくらは氷の宮殿《きゅうでん》を脱出《だっしゅつ》し、宏偉寺《ホンウェイじ》への途《と》につくことができたのである。

第18章　治療薬《ちりょうやく》の完成

東洋の龍《りゅう》は極《きわ》めて賢《かしこ》い。それまでにかかわりを持った者すべてを覚えているのだから。

——ドラゴンの種類による主な特徴《とくちょう》『リベル・ドラコニス』より

氷の宮殿《きゅうでん》から宏偉《ホンウェイ》寺《じ》までは、全速力で飛んでも3日かかった。ギャチュンカンを出てから、なんとなくあとをつけられているような気はしていたけど、何かが見えたことはなかった。3日目、ぼくらが中国《ちゅうごく》の南の山がちな地域《ちいき》を飛んでいるとき、かなり遠い後方に黒っぽいものが初めて見えた。ゴリニチカの戦闘用《せんとうよう》ドラゴンかもしれない。でもそれ以上の詳《くわ》しいことはわからなかった。

なぜなら、そのとき先頭を行くパンテオンが高度を下げはじめたからだ。行く手は背《せ》の高い丘《おか》が連なる地域だ。ぼくらが降《お》りはじめるや、後ろをつけてきた一団が突然距離《とつぜんきょり》を縮《ちぢ》めてきた。近づいてくると、まぎれもなくそれが戦闘用のツングースドラゴンだとわかった。でも、ぼくらが乗っているドラゴンよりも体が小さく、背中《せなか》にホーダもない。

眼下に山あいの谷が見えてきた。谷の奥《おく》には大きな寺院があり、寺院の前には仏塔《ぶっとう》と凝《こ》ったつくりの橋がかかっている湖がある。湖から流れ出した水は崖《がけ》の縁《ふち》から落ちて、輝《かがや》く小さな滝《たき》になっていた。滝の後ろには崖をのぼる階段《かいだん》があり、湖畔《こはん》まで続いている。そし

て今、その階段《かいだん》をはねるように元気にあがってくるのは、ぼくらの探《さが》し求めていたドレイク博士だった。ベアトリスは鞍《くら》から身を乗り出して、博士に向かって必死に手をふっている。

角笛の音が長く尾《お》をひいて谷間に響《ひび》きわたると、オレンジ色の衣《ころも》を着た大勢の人が寺院の中を走りはじめた。青い衣を着た若《わか》い中国人《ちゅうごくじん》の女の人と、白髪《はくはつ》のおじいさんが寺院から出てきた。湖畔《こはん》に降《お》りたパンテオンを出迎《でむか》えるためらしい。

黒い戦闘用《せんとうよう》ドラゴンたちが背後《はいご》に迫《せま》った。先頭のドラゴンの鞍《くら》に座《すわ》っているシャドウェルが、ぼくに大声で話しかけてきた。

「道案内をありがとよ。礼を言うぜ」

「出撃《しゅつげき》用意をしてたくせに、道を知らなかったなんて言わないでよ？」

「大体のあてはついていたさ。だが、これではっきりした。宮殿《きゅうでん》を壊《こわ》されて、ゴリニチカさんはそりゃカンカンさ。ここに乗りこんでくるのを、ものすごく楽しみにしてるぜ」

シャドウェルがまた口を開きかけたとき、眼下の湖面を割《わ》って濃《こ》い青色をした何かがとび出してきた。それは堂々《どうどう》とした4体の龍《ロン》だった。20メートル以上も水面からとびあがり、シャドウェルの戦闘用ドラゴンに挑《いど》みかかったのだ。シャドウェルは即座《そくざ》に手綱《たづな》を引くと、いやな笑い声をたてて引き返していった。

地上に降《お》りると、ベアトリスがトーチャーを抱《かか》えてあやしていた。トーチャーは見るからに具合が悪く、息をするのも苦しそうだ。例の伝染病《でんせんびょう》かもしれない。

そのとき、ドレイク博士が駆《か》け足でやってきた。青い衣の女の人と白髪のおじいさん、それにパンテオンが一緒《いっしょ》だ。

「ダニエル、ベアトリス！」と、博士が叫《さけ》んだ。「本当に君たちかね？　それにクックくん夫妻にガメイさん姉弟《きょうだい》、ヘイズくん父娘《おやこ》も一緒だとは！」

博士の顔を見たとたん、一番気になっていることが口をついて出た。

「博士、すぐにゴリニチカがやってきます。ぼくらが連れてきてしまいました」

「いろいろ話してもらわねばならんな。だが、まずはトーチャーが最優先《さいゆうせん》だ」

博士は女の人から緑《みどり》の液体の入った小さな瓶《びん》をもらうと、瓶の中身を思い切りよくトーチャーの喉《のど》に流しこんだ。たちまち、トーチャーの呼吸《こきゅう》は楽になり、ベアトリスの腕《うで》の中ですやすやと眠《ねむ》りはじめた。

「このシロップは伝染病《でんせんびょう》を治すことはできんが、症状《しょうじょう》の進行はおさえられる。一刻《いっこく》も早く治療薬《ちりょうやく》を見つけなければならないが、うまくいっておらん」

氷の宮殿《きゅうでん》から脱出《だっしゅつ》してきた全員が集まってきた。ぼくは、お父さんから受け取った『リベル・ドラコニス』とセント・ペトロックの聖杯《せいはい》をドレイク博士に渡《わた》した。

「これがお役に立つといいんですけど」

博士は目を丸くした。

「いったいこれをどこから、どうやって見つけてきたんだね？」

そこでぼくらは手短かに、ドレイク博士がドレイク城《じょう》を出発してからのことを説明した。

「これは極《きわ》めて興味深い」と、ドレイク博士は話を聞き終わると言った。

「そんな宝物《たからもの》が、S.《エス》A.《エイ》S.《エス》D.《ディー》の本部にずっと隠《かく》されていたなんて、信じられん。ドラゴン協会から申し送られるべき秘密事項《ひみつじこう》はまだあるようだな。さて、紹介《しょうかい》させていただこう。宏偉寺《ホンウェイじ》の老師と、私の友人のドラゴン学者、ターさんだ。お二人には伝染病を治す薬作りを手伝ってもらっている」

おじいさんはぼくらにお辞儀《じぎ》をし、青い衣の若《わか》い女性はほほえんだ。ドレイク博士はぼくらの目を覚まさせるように、手を打った。

「我々《われわれ》は急がねばならん。ゴリニチカはすぐにでも襲《おそ》ってくるだろう。我々は宏偉寺の守りを固《かた》める者と、治療薬作りをする者に分かれることにしよう」

ターさんはベアトリスからトーチャーを預かると、診療所《しんりょうじょ》へ連れていってくれた。

大人の人たちに指示をあたえ終わると、ドレイク博士は、ぼくとベアトリスとニーアのところへもどってきた。

「それでは『リベル・ドラコニス』について話してくれたまえ」

「ドラゴンの炎《ほのお》を当てるまで『リベル・ドラコニス』は、白紙の本です」と、ベアトリスが説明《せつめい》を始めた。そしてトーチャーとウワッサがその秘密《ひみつ》を見つけるのに一役買ったことを話した。

「すべてを読むためには、正しい種類のドラゴンを見つける必要があります」

「それに薬の作り方と思われる部分の文句《もんく》は、まるでなぞなぞなんです」と、ぼく。

「ドラゴンらしいやり方だ」と、ドレイク博士は頭をふった。

「だが、君ら二人はなぞなぞを解くベテランだ。寺院の図書室でなら、今までに見聞きしたことについて、落ち着いて考えることができるだろう」

「ドラゴン・アイ」をめぐる冒険《ぼうけん》で、確かにぼくらはいくつも謎《なぞ》を解いた。でも今度は、生きているドラゴン全部の命がかかっている。あまりの責任の重大さに図書室に着いた頃《ころ》には、ぼくの足取りは重くなっていた。

「今までのところ、この本を読めるようにできるドラゴンは、ヨーロッパドラゴンとワイバーンだけです」と言いながら、ぼくは本と杯《さかずき》を取り出した。

「薬の作り方かもしれないものは見つかりました。『イシスの涙《なみだ》』と『ブリムストン』という言葉もありましたが、杯の縁《ふち》にある言葉とは違《ちが》うんです」

「なるほど」と、ドレイク博士は杯を持ち上げた。

「杯の縁の言葉は、ラテン語を勉強していればすぐわかる。サルフールは私たちの言葉と同じ形だから硫黄《いおう》のことだね。アンチモニウムはアンチモン、アクアは水で、ウェルベナはバーベナのことだ。そして『イシスの涙』というのは、このバーベナの別名で、『ブリムストン』というのは、古い言葉で硫黄のことを指すんだ」

「すごいわ！　もう薬を半分作ったも同然ね！」と、ニーアが叫《さけ》んだ。

「ううん」と、ベアトリスがかぶりをふった。

「でもまだ白紙のページが2枚《まい》あるの。このページを読めるようにしてくれるドラゴンがあと2種類いるはずなんだけど、ヒドラは違《ちが》ったみたい」

「おそらく、そのうちの1種類はガーゴイルであろうよ」

そう言ってパンテオンが図書室に入ってきた。

「私がやってみよう」

地面に置いた本にパンテオンが短い炎《ほのお》を吹《ふ》くと、『リベル・ドラコニス』の文字がオレンジ色に光って表紙に浮《う》かびあがってきた。

「さあ、これで君らに必要なのは、あと1種類のドラゴンとなった」

そう言ってパンテオンが低く喉《のど》を鳴らすと、それに応《こた》えるように大きな水音が湖から聞こえた。やがて、さっき見かけた4体の青い龍《ロン》のうちの1体が図書室の入口に現れた。宏偉寺《ホンウェイじ》の老師もやってきて言った。

「私の古い友人をご紹介《しょうかい》しましょう。東の海の竜王《りゅうおう》、ロン・ホン殿《どの》です」

ぼくとベアトリスは、威厳《いげん》に満ちた龍《ロン》の前で深く頭を下げた。

「諸君《しょくん》に会えてうれしく思う」と、ロン・ホンが言った。「乾《かわ》いた穀物《こくもつ》が天からの新鮮《しんせん》な雨を歓迎《かんげい》するように、ロン・ホンは新しい友を歓迎する」

ロン・ホンが軽く炎《ほのお》を吹《ふ》くと、『リベル・ドラコニス』に緑の光が加わった。

多くの目が見つめる中、ぼくは聖杯《せいはい》のページを探《さが》した。前は白紙だったページに、今度はオレンジ色で『コール』、緑色で『アクア』の文字が浮《う》かびあがった。

「コールとは、アンチモンの別名のことじゃよ」と、宏偉寺《ホンウェイじ》の老師が言った。

「アクアはもちろん、水のことよね」と、ニーア。

それぞれの聖杯の下には、なぞなぞの詩の欠けていた行が浮かびあがり、それは何かの手順のようだった。長い旅の終わりに、ぼくらはついに治療薬の作り方を手に入れたのだ。これまでに読んだ部分とあわせると、こんなふうになる。

私の１番目は血管（Vein《ヴェイン》）の中にはあるけれど、血液の中にはない
私の２番目は叫《さけ》び（Squawk《スクウォーク》）の中にはあるけれど、やじの中にはない
私の３番目は賢者《けんじゃ》（Wise《ワイズ》）の中にはあるけれど、阿呆《あほう》の中にはない
私の４番目はリンゴ（Apple《アップル》）の中にはあるけれど、果物《くだもの》の中にはない
私の５番目の秘密《ひみつ》は、すべてをしっかり混ぜ合わせる
私の６番目は泡立《あわだ》ち、煮立《にた》つまで熱をあたえる
私の７番目は名前、私を示すぴったりの名前
　それを10回唱える間、泡立たせよ
私の８番目はすべてを冷やす、流れるところ
私の９番目はまず聞くところ、それから見るところ

黄金1、銀1に対し、水銀16分の1で作った杯《さかずき》の中で、同量の純水《じゅんすい》、バーベナ、硫黄《いおう》にアンチモンを、このまじないにしたがって混ぜよ。できた薬は「アラジンのドラゴン薬」と呼《よ》ばれるだろう。


そこまで読んだとき、ドレイク博士が口を開いた。

「さて、老師と私は他《ほか》の場所の様子を見てくる。いつゴリニチカが攻《せ》めてきても、私たちは全力で抵抗《ていこう》するだろう。君らはここでこの謎《なぞ》を解いてくれたまえ」

「天は汝《なんじ》の努力に、恵《めぐ》みある結果を贈《おく》られるだろう」と宏偉《ホンウェイ》寺《じ》の老師が言った。

ドレイク博士と老師が図書室を出ていくと、ぼくらはもう一度、詩を読んだ。

「材料を混ぜてる間ずっと、このなぞなぞを頭から10回くり返すの？」

ニーアの言葉に、ベアトリスが首をかしげた。

「こういう古いおまじないの内容は、たいてい科学的なことを言っているのよ」

「最初の4行は普通《ふつう》のなぞなぞね」と、ニーア。

「2つの言葉のうちの最初のほうにはあって、後ろにはない文字を探《さが》すやつよ」

ニーアの言うやり方で単語を作ってみたけど、あまりピンとこなかった。ぼんやりと詩を眺《なが》めているうち、ぼくは突然《とつぜん》ひらめいた。

「単語の初めの文字が肝心《かんじん》なんだよ。血管（Vein《ヴェイン》）のV《ブイ》、叫《さけ》び（Squawk《スクウォーク》）のS《エス》、賢者《けんじゃ》（Wise《ワイズ》）のW《ダブリュー》にリンゴ（Apple《アップル》）のA《エイ》。聖杯《せいはい》にある4つの単語、バーベナ（Verbena《バーベナ》）、硫黄（Sulphur《サルフール》）、水（Water《ウォーター》）、アンチモン（Antimony《アンティモニー》）と、頭文字《かしら》が同じなのさ。これはきっと材料を混ぜる順番を表してるんだ！」

「じゃあ次のところはどうなるの？」と、ベアトリスが興奮《こうふん》して言った。

「5番目と6番目は単純《たんじゅん》に、材料を混ぜて泡立《あわだ》つまで煮《に》るってことさ」

「じゃあ、7番目は沸騰《ふっとう》させる長さのことね」と、ニーアが言った。

「10回唱えなきゃいけない名前って何のことだろう」

「魔法《まほう》の言葉だったら、わからないかもしれないわ」

ニーアも少し考えこんだ。

「ううん、単語の長さが問題なのよ。ただ10回唱えるなんて魔法じゃないもの」

「あとは煮立《にた》てた材料を流れる水で冷やして、使うだけよ。できた薬は、『聞くところ』と『見るところ』だから、ドラゴンの耳と目に入れなきゃいけないのよ。飲んでも効き目がないんじゃないかしら」

「二人ともすごいよ」と、ぼくは思わずつぶやいた。でも、肝心《かんじん》の名前が残ってる。

「私を示すぴったりの名前」って何なんだろう。どんな名前がありえるのか。だれかの名前なんだろうか。だれか？　そこでぼくには、わかってしまった。

「この薬の名前だよ！　アラジン、唱える名前はアラジンだ！」

ぼくらはすぐ、ドレイク博士になぞなぞが解けたことを教えにいくことにした。

ドレイク博士は3人の僧侶《そうりょ》と話しながら、心配そうに何度も空を見あげていた。上空ではパンテオンが旋回《せんかい》して、周囲を監視《かんし》している。

ぼくらが報告すると、ドレイク博士は「よくやった！」と、ほめてくれた。

「ターさんに僧院《そういん》の研究所へ連れていってもらいなさい。あそこなら必要な材料がみんな見つかるはずだ。作ったら効き目を確かめてくれたまえ」

ぼくらはターさんを湖のところで見つけた。ぼくらの両親とガメイさん姉弟《きょうだい》に、戦闘《せんとう》に備えて龍《ロン》の乗り方を教えているのだ。

みんな、ぼくらの大発見を聞くと大喜びだった。ターさんは湖のほとりにある建物へぼくらを連れていった。そこはドレイク博士の研究室によく似ていた。ターさんは必要な材料の入った広口瓶《ひろくちびん》を迷わず選び出すと、ぼくらの前に並《なら》べた。

「こちらからバーベナ、硫黄《いおう》、アンチモン。混ぜるのに使う棒《ぼう》。硫黄とアンチモンには、素手《すで》では触《さわ》らないこと。水は外の湖でくめます」

そのあとすぐ、ターさんは湖にもどっていった。ベアトリスが杯《さかずき》を実験台の上に置いた。ニーアが湖の水をくみに行っている間に、ぼくとベアトリスは材料の分量を計った。準備ができると、ぼくらは『リベル・ドラコニス』にしたがって材料を混ぜていった。できあがったのは明るい赤色をした液体で、濃《こ》くて甘《あま》いにおいがした。ぼくらはそれをさっそく、ドラゴンの診療所《しんりょうじょ》に持ちこんだ。

トーチャーはかごの中でぐっすり眠《ねむ》っていた。起こさないようにして、ぼくらはできたての薬を少しだけ、トーチャーの耳に注ぎこんだ。トーチャーはたちまち目を覚ますと、頭をふりまわして暴れた。それから目に薬をさすのは大騒動《おおそうどう》だった。ぼくは咬《か》みつかれたり、蹴《け》られたりもしたが、なんとか1滴《てき》ずつ両方の目に薬を落とすと、トーチャーはすぐに眠りに落ちた。

ぼくらはほっとした。ついに薬ができたのだ！

「トーチャーはよくなるかしら」と、ベアトリスがつぶやいた。

「全部のドラゴンがよくなるんだよ」

ぼくは請《う》け合《あ》った。

「ドレイク博士と老師が、ゴリニチカを寄せつけないでいてくれる間はね」と、ニーアがつけ加えた。

ぼくらはとうとう治療薬《ちりょうやく》を見つけはしたけれど、ゴリニチカは戦闘用《せんとうよう》のツングースドラゴンを山のように持っている。ひとたびゴリニチカが来襲《らいしゅう》したら、ぼくらが生き残れるかどうかは、わからなかった。

第19章　宏偉寺《ホンウェイじ》の戦い

何をおいても、まず勇敢《ゆうかん》であれ。

——終わりの言葉『リベル・ドラコニス』より

それから続く何時間かはいそがしかった。ぼくら3人は交替《こうたい》で薬を作り、できた薬をできる限り多くのドラゴンにあたえた。病気の龍《ロン》のほとんどはおとなしく薬を受け入れたけど、なかにはひどくいやがるのもいた。でも、トーチャーほど大暴れしたものはいなかった。

ドレイク博士と宏偉寺《ホンウェイじ》の老師、それに大人たちは攻撃《こうげき》に備えて寺院の補強《ほきょう》をしていた。千年以上前に建てられたこの寺院に通じる道は細くて急だったから、谷の下からの攻撃には無敵だった。でも空からの攻撃は、防ぎようがない。また戦闘《せんとう》に参加できる元気なドラゴンも少なかった。パンテオンとその仲間は戦えるし、ぼくらが氷の宮殿《きゅうでん》から連れ出した3体のツングースドラゴンも戦える。ぼくたちもツングースドラゴンで戦うつもりだったけど、お父さんがその必要はないと教えてくれた。

「もう氷の宮殿とは状況《じょうきょう》が違《ちが》うんだ。ここでは違うやり方ができる。見てごらん」

見れば、3人の若《わか》い僧侶《そうりょ》があのミントのにおいのする制服を着て、すでにツングースドラゴンと働いていた。湖のそばでドレイク博士と一緒《いっしょ》にいた僧侶たちだ。

4体の竜王《りゅうおう》は、いつもはそれぞれ中国《ちゅうごく》の違う土地に住んでいるのだそうだ。でも今回は宏偉寺での薬の研究を助けるために集まっていた。本来、龍は平和を好む生き物だ。それにツングースドラゴンのように空は飛べない。西の山脈から来た竜王ロン・ウェイは威厳《いげん》を持って水中から出てくると、集まっていたドラゴンの同胞《どうほう》に宣言《せんげん》した。

「かような恐《おそ》ろしい災難《さいなん》に我《われ》らを巻《ま》きこんだ人間と戦うため、龍《ロン》が戦いに加わるというのも天意である。天はあるべき姿《すがた》に従《したが》うものを助けるが、自由こそが我らのあるべき姿だ。我々《われわれ》は決してこの自由をあきらめない。だからこそ今、戦うのだ」

ドレイク博士はこの演説を聞いて、竜王《りゅうおう》に深くお辞儀《じぎ》をした。そして感謝の言葉を述べたが、竜王たちに助けてもらったとしても、ゴリニチカの強大な軍に比べればほんの小さな力でしかない。ドレイク博士はどうやって戦うつもりなんだろう。

その日は他《ほか》に何も起きなかった。診療所《しんりょうじょ》へやってきたドレイク博士は、薬を使ってほんの数時間で、多くのドラゴンが回復の兆《きざ》しを見せていることを喜んでくれた。

その夜、ぼくはくたくたに疲《つか》れきっていたのに、うとうとしては、はっと目覚めるのをくり返した。巨大《きょだい》なバシリスクに乗って高笑いをするゴリニチカの夢を、何回も見た。

ぼくらは夜明けから薬作りを再開したが、そのとき2体のガーゴイルが寺院にもどってきた。すぐに角笛が吹《ふ》き鳴らされた。その意味はたった一つ。ゴリニチカの軍が確認されたのだ。宏偉寺《ホンウェイじ》への攻撃《こうげき》が始まろうとしていた。

ベアトリスとニーアとぼくは、石づくりの寺院にいるように言われた。ぼくらのいる部屋には谷が見下ろせる窓《まど》があり、大人のほとんどがさまざまな種類の耐炎性《たいえんせい》の防護服を着て、龍のところへ走っていくのが見えた。龍は湖で戦うつもりだ。湖からの跳躍《ちょうやく》は、水の力に助けられて高いものになる。ガーゴイル隊はすでに飛び立ち、上空を旋回《せんかい》している。3体のツングースドラゴンは、滝《たき》の上で飛び立つ合図を待っている。でも、ガーゴイル隊のなかにパンテオンの姿《すがた》が見えなくて、ぼくは不安になった。

寺のまわりには、水の入った木のバケツと、ドラゴンの攻撃をかわすための長い杖《つえ》を持った消火役の僧侶《そうりょ》が並《なら》んだ。ぼくはベアトリスの手を握《にぎ》った。もっと時間があるうちにお父さんとお母さんと話をしておけばよかった。

やがて、だんだん大きくなるうなり声が近づいてきた。その頃《ころ》になってようやく、ぼくらは敵軍全体を目にすることができた。最初は遠い黒雲のようだったが、近づいてくると、30から40体の戦闘用《せんとうよう》ドラゴンに完全武装《ぶそう》をしたモホートが乗った一軍だとわかった。彼《かれ》らは猛《もう》スピードでこちらへ向かってくる。

「絶体絶命《ぜったいぜつめい》って気分がよくわかるわ！」と、ニーアが雄々《おお》しく宣言《せんげん》した。

西の山脈の竜王《りゅうおう》にまたがり、宏偉寺《ホンウェイじ》の老師はドレイク博士にふりむいた。

「天が我《われ》らの側にあろうと、これだけの軍に勝利するような希望は持てますまい」

「ですが、あれはツングースドラゴンで、それこそが彼らの弱点なのです」と、ドレイク博士は声を大きくした。

「宏偉寺を守らんとしている諸君《しょくん》、ドラゴンも人間も耳を貸してくれたまえ！　今日我々《われわれ》はドラゴンの歴史の岐路《きろ》に立っている。もしゴリニチカが勝利すれば、その力は強大かつ凶悪《きょうあく》なものになるだろう。彼女《かのじょ》の軍の脅《おど》しにより、すべての生き物は生まれながらの権利《けんり》である『自由』を、奪《うば》い去られることになるだろう。そのためにも今日、我々は負けてはならない。これは我々が勝つ戦いだ！　数の上ではおとっているが、ゴリニチカのドラゴン軍の主力はツングースドラゴンである。彼らは使い手であるモホートの指示にしたがうだけだ。そこで諸君には、そのモホートに集中してほしい。彼らをドラゴンの背《せ》から落とせばいいのだ。使い手なしには、どのツングースドラゴンも攻撃《こうげき》を続けられないのだから」

ドレイク博士はいったん言葉を切ると、改めて声をあげた。

「さあ、諸君。ゴリニチカが来るなら、来させようではないか。我々の準備は整った！」

大きな歓声《かんせい》が仲間からあがった。

「宏偉寺の守りを見せてやろう！」

みんなは声を合わせて叫《さけ》んだ。

ぼくは空を見あげた。もうモホートの顔が一人一人見分けられるところまで近づいてきている。ゴリニチカは戦列の一番前にいた。銀の胸当《むねあ》てをして、セント・ジョージの槍《やり》をふりかざしている。ゴリニチカの隣《となり》にはシャドウェルがいた。

「ドラゴン使いを狙《ねら》うドレイク博士の作戦はいいとしても、どうして僧侶《そうりょ》たちは銃《じゅう》を持ってないの？」

ニーアは不思議そうだ。

「僧侶はどんな武器も使えないからだよ」

ぼくが教えると、ニーアは口の中で何かお祈《いの》りを唱えはじめたが、寺院の後ろから現れたものを見て、ぽかんと口を開けた。まず、現れたのはパンテオンだ。その後ろにヨーロッパドラゴンのイドリギア、ワイバーンのウワッサ、そしてヒドラのファキ・キファ・カフィと、ドラゴン・エクスプレスのメンバーが続いて現れたのだ！　他《ほか》に2体のワイバーンと、5体のヨーロッパドラゴンの姿《すがた》もあった。

ぼくらは一斉《いっせい》に歓声《かんせい》をあげた。イドリギアが地上に降《お》りて、背中《せなか》にドレイク博士を乗せた。

ドラゴンに乗ったゴリニチカが、すぐそこまで来ていた。

「皆殺《みなごろ》しにしてやるわ！」

ゴリニチカは金切声《かなきりごえ》をあげてドラゴンを降下《こうか》させると、地上に向けて大きな炎《ほのお》を吹《ふ》かせた。

「行こう！」

ドレイク博士とイドリギアが、ゴリニチカを迎《むか》え撃《う》ちに飛び立った。

すかさずウワッサ、ファキ・キファ・カフィと、空を飛べるドラゴンが続いた。

乗り手を乗せた龍《ロン》たちが湖から空中へ向かってとび出し、咬《か》みついたりかぎ爪《づめ》でつかんだりして、ツングースドラゴンからモホートを落とそうとする光景がそこら中で見られた。パンテオンはガーゴイル隊を引き連れ、頭上からすばやい攻撃《こうげき》をくり出してはゴリニチカを悩《なや》ませている。炎《ほのお》があらゆる方角から吐《は》き出され、空中戦が見えにくい。でも1体の龍《ロン》が、一人のモホートを湖へ落としたのが見えた。空から湖へ龍がもどってきたとき、その背《せ》に乗っていたのはお母さんだった！

「お母さんが、1体やっつけたぞ！」と、ぼくは叫《さけ》んだ。

使い手を失ったそのドラゴンも飛び続けてはいたけれど、命令がなくなって、火を吐くことも攻撃《こうげき》することもなくなった。博士の言った通りだ。

ウワッサとファキ・キファ・カフィが宏偉寺《ホンウェイじ》軍の側面に加えられる攻撃を片《かた》っ端《ぱし》から片づけている間に、イドリギアと博士はゴリニチカをドラゴンから落とすべく突撃《とつげき》していった。博士たちの攻撃をかわしながらゴリニチカのドラゴンが吹《ふ》いた炎は狙《ねら》いを外したが、かわりに近くの龍に乗っていた僧侶《そうりょ》の腕《うで》を焼いた。それを龍がかばおうとしたのがいけなかった。

「死ね、みにくい長虫《ながむし》め！」

ゴリニチカは叫《さけ》ぶと、無防備《むぼうび》になった龍《ロン》の腹《はら》にセント・ギルバートの槍《やり》をつき刺《さ》した。龍が乗り手をふり落とし、地上に落下していくのを見て、ベアトリスが悲鳴をあげた。龍は湖から遠く離《はな》れた地面に恐《おそ》ろしい音とともにたたきつけられ、動かなくなった。

跳躍《ちょうやく》を終えた龍たちが湖に一度とって返している間に、寺院の壁《かべ》に黒いドラゴンの吐《は》いた炎《ほのお》がはしった。でも、ゴリニチカ軍が狙《ねら》っていたのは、建物ではなかった。戦闘用《せんとうよう》ドラゴンは勢いよく向きを変えると、寺院の陰《かげ》で次の攻撃《こうげき》を準備していたガーゴイル隊に頭からつっこんでいった。

たちまち迫《せま》ってきた戦闘用ドラゴンを、ドレイク博士たちは食い止めようとした。パンテオンは立て直した攻撃の第2波で、ツングースドラゴンからモホートを一人落とし、ウワッサとファキ・キファァ・カフィはもうちょっとでシャドウェルを落とせるところまで追《お》いつめた。ヘイズさんは投げなわでモホートを一人鞍《くら》から引きずりおろしたが、一緒《いっしょ》に湖に落ちてしまった。攻撃の第3波ではガメイさん姉弟《きょうだい》が、手傷《てきず》を追うこともなく二人以上のモホートを湖へたたき落とした。宏偉寺《ホンウェイじ》側はよく戦い、戦況《せんきょう》は、うれしいことにぼくの予測を裏切《うらぎ》って、五分五分だ。致命的《ちめいてき》な武器を持っているのはゴリニチカだけだったが、彼女《かのじょ》は左右にすばやく槍をくりだしては、多くの龍を負傷させていた。一方で宏偉寺の老師は、龍の空中跳躍をだれよりも長く持続させ、その真の力を見せた。老師はたった1回の跳躍で、二人のモホートを鞍から落とした。ぼくらはそれを見て歓声《かんせい》をあげた。

宏偉寺側の第4波の攻撃が準備されているときだった。背後《はいご》でカタカタという音を聞いた。ふりむくと、そこにいたのはゴリニチカのドワーフドラゴン、フリッツだった！　寺院の中に入りこんだフリッツは、セント・ペトロックの聖杯《せいはい》を倒《たお》して、貴重《きちょう》な薬を床《ゆか》にこぼしてしまったのだ。

ベアトリスとニーアが息をのんだ。フリッツは攻撃《こうげき》してくるかと思ったが、かわりにひどく咳《せき》こみ、こぼれた薬の上に倒《たお》れこんだ。伝染病《でんせんびょう》にかかっていて、症状《しょうじょう》は重いようだ。床《ゆか》にこぼれた薬の上でばたばたしている様子はまるで、鳥が水たまりで水浴《みずあ》びをしているようだった。全身を薬まみれにすると、冷たい目をして、ぼくらに襲《おそ》いかかった。

ぼくが顔を覆《おお》ったとたん、フリッツの鋭《するど》いかぎ爪《づめ》がぼくの手の甲《こう》を切り裂《さ》いた。傷口から血が流れ出し、ぼくはフリッツの焦《こ》げそうに熱い息を顔に感じた。

「あっちに行け！」

そのときだった。大きなしゃっくりがぼくらの後ろから聞こえてきた。トーチャーがぼくらを助けに来てくれたのだ！　トーチャーは怒《いか》りのうなり声を放つと、フリッツに向かって突進《とっしん》し、荒々《あらあら》しい一撃《いちげき》でフリッツをはねとばした。フリッツは、翼《つばさ》の許《ゆる》す限りの速さで扉《とびら》から逃《に》げ出していった。

「トーチャー、すっかりよくなったみたいだね！」と、ぼくは声をあげた。

窓《まど》の外では攻撃の第5波が放たれ、第6波も続いた。今やゴリニチカとドレイク博士は、かなり接近している。ゴリニチカはセント・ギルバートの槍《やり》をふりまわし、博士に傷《きず》を負わせた。イドリギアが槍の届《とど》く範囲《はんい》から離《はな》れようとしたとたん、ゴリニチカはすばやく方向を変え、イドリギアに槍を深々とつき刺《さ》した。ゴリニチカは勝利の雄《お》たけびをあげた。

「ほら、もう1匹《びき》おしまいだ！」

安定を失ったイドリギアの背《せ》で、ドレイク博士の体が揺《ゆ》れた。ぼくらが恐怖《きょうふ》に凍《こお》りついて見守るなか、博士の体は鞍《くら》から滑《すべ》り落ち、はるか下方の湖に落ちていった。イドリギアが落ちるにはもう少し時間がかかったが、大怪我《おおけが》をしたドラゴンは湖の端《はし》に衝撃音《しょうげきおん》とともに落ち、静かになった。ゴリニチカが再び吠《ほ》えた。

「おいぼれが落ちたわ！　次はもう1匹のおいぼれの番だ！」

ゴリニチカ軍の残ったドラゴンたちは再び旋回《せんかい》を始め、次なる攻撃《こうげき》をくり出してきた。今度の彼《かれ》らの狙《ねら》いは、宏偉寺《ホンウェイじ》の老師一人だった。パンテオンとまだ負傷《ふしょう》していないガーゴイルは必死に老師を守ろうとしたが、ゴリニチカはやすやすと老師に近づき、老師が乗っていた高貴《こうき》なる西の山脈の竜王《りゅうおう》、ロン・ウェイの横腹《よこばら》を魔法《まほう》の槍《やり》で貫《つらぬ》いた。だがロン・ウェイが空から落ちはじめたとき、老師はくるりと宙返《ちゅうがえ》りすると、右手でむずとゴリニチカをつかみ、ドラゴンの背《せ》から引きずりおろした。老師とゴリニチカは一緒《いっしょ》に落ちていった。湖につっこんだあと、ゴリニチカがつけている重い防具のせいか、二人ともしばらくは水の上に浮《う》いてこなかった。

宏偉寺の谷間に静寂《せいじゃく》が落ちた。残ったモホートたちも女主人を失ってとまどっている。戦闘《せんとう》の間中、逃《に》げまわることに専念《せんねん》していたシャドウェルは、突然《とつぜん》ゴリニチカ軍の指揮官《しきかん》になってしまった。新指揮官の第一声は「退却《たいきゃく》！」だった。これを聞いて、ウワッサとファキ・キファ・カフィと、他《ほか》のドラゴンたちが攻撃の手を倍に増やしたから、ひとたまりもない。ゴリニチカ軍は混乱《こんらん》の中で敗走していった。

突然《とつぜん》、ゴリニチカとドレイク博士、老師の3人が水の中からとび出してきた。ドレイク博士はひどく血を流していたが、セント・ギルバートの槍の柄《え》を握《にぎ》りしめ、ゴリニチカから奪《うば》い取ろうとしていた。老師も博士に加勢していたが、明らかに片腕《かたうで》にひどい怪我《けが》をしている。残念ながら今の博士と老師は、ゴリニチカの敵ではなかった。若《わか》くて力強く、大した怪我もしていないゴリニチカは力まかせに博士の手から槍をもぎ取ると、湖の岸辺をめざして泳ぎはじめた。

ちょうど、シャドウェルと残ったモホートたちが思いがけない戦いの幕《まく》切れにおじけづき、遠くの空へ急速に遠ざかっていくところだった。

「臆病者《おくびょうもの》！　もどってこい！」

ゴリニチカは出せるかぎりの大声で呼《よ》ばわったが、無駄《むだ》だった。僧侶《そうりょ》たちが彼女《かのじょ》を取り囲み、じりじりと輪をせばめた。でも、ゴリニチカがふりまわす槍のせいで容易《ようい》には近づけない。

ドレイク博士は水を滴《したた》らせながら湖からあがると、ゴリニチカのほうを向いた。

「槍《やり》をおろしなさい、ゴリニチカさん。もう戦いは終わったんだ」

ゴリニチカが笑った。

「私がお前に降参《こうさん》することなど、決してない！」

「もういいんだ。すべてのドラゴンを支配しようというあなたのたくらみは、失敗に終わったことを認《みと》めなさい」

「終わるのは、ドラゴンのほうだ」と、ゴリニチカが怒鳴《どな》った。

「伝染病《でんせんびょう》の治療薬《ちりょうやく》が見つからなければな」

「では喜んでほしい。治療薬は見つかったのだよ。子どもたちがやりとげたのだ」

「では、あのガキどもに、気をつけさせるがいい」と、ゴリニチカは言って、岸辺に沿《そ》って後ろ向きにドレイク博士から距離《きょり》を取りはじめた。

「やつらは私を何回もひどい目に遭《あ》わせた。おまえも一緒《いっしょ》よ！　そんなあつかいを受けるなんて、がまんできようはずもない！　お前の古いお友達のエベニーザー・クルックが生きていれば、私の言葉を裏書《うらが》きしてくれたでしょうに！」

「エベニーザー・クルック！　前のドラゴン・マスターが何だというのだ？」

「では、おまえにも知らないことがあるんだね、ドレイク」

ゴリニチカは心底うれしそうにそう言うと、肩越《かたご》しに崖《がけ》へ視線《しせん》を投《な》げた。

「じゃあ、エベニーザーがロシアから若《わか》くて熱心なドラゴン学者を連れてきた話も、おまえは知らないだろう」と、ゴリニチカが言った。「そのロシア人はエベニーザーが教えた弟子《でし》の中で、最も優秀《ゆうしゅう》だった！　もしチディングフォールド男爵《だんしゃく》やS.A.《エスエイ》S.D.《エスディー》の間抜《まぬ》けどもが、イギリスのドラゴン・マスターはイギリス人でなければならないとつっぱねなければ、エベニーザーは私を次代のドラゴン・マスターに指名するつもりだったのよ。彼《かれ》は私に多くの秘密《ひみつ》を教えてくれたが、12の宝物《たからもの》は何一つ見せてくれなかった。そこで私は盗《ぬす》んだのよ。黒い粉の入った小瓶《こびん》をね。そしてエベニーザーを裏切《うらぎ》った！」

「エベニーザーが君をドラゴン・マスターにするつもりだったとは、にわかには信じがたいな」

ドレイク博士はそう言ったけれど、動揺《どうよう》しているようだった。

「エベニーザーは、おまえの提唱《ていしょう》する『ドラゴンの科学』とやらを認《みと》めてはいなかったのよ。どう、悔《くや》しいでしょうが」

ゴリニチカはこれ見よがしに、槍《やり》の穂先《ほさき》を博士に向けた。

「エベニーザーはおまえが『ドラゴン学』を語るのが嫌《きら》いだった。ましてや、そんな本を書きたがっていたおまえなんかを認めるはずもない」

「エベニーザーは亡《な》くなる前に、私と向かい合ってくれたのだよ」と、ドレイク博士がゆっくりと言った。

「ドラゴンにとって、大いなる災厄《さいやく》がやってくると、警告《けいこく》してくれた。でもまさか、それが君のことだとは思いもよらなかったけれどね」

「ドラゴンの伝染病《でんせんびょう》のことを知ったときに、エベニーザーの気が変わったの」と、ゴリニチカが言った。

「マハラワルから連絡が来るまで、エベニーザーは小瓶《こびん》を盗んだのは自分の息子《むすこ》のイグネイシャスではないかと疑《うたが》っていたんだから」

「君の呪文《じゅもん》にかかった、もう一人のあわれな男だ」と、博士は言った。ゴリニチカはまわりをドラゴンと僧侶《そうりょ》に囲まれて、もう逃《に》げ場《ば》がなかった。後ろは滝《たき》つぼに落ちる崖《がけ》だ。

「そうよ、あの男はたやすかった。そして私によく仕えたわ、少しの間だったけど。あの間抜《まぬ》けは『失われたドラゴンの島』を探《さが》しに行ったわ。昔、あの黒い粉の小瓶が盗み出された場所よ」

ドレイク博士はゆっくりとゴリニチカに向かって歩みを進めた。ドラゴンたちは威嚇《いかく》するようにうなっている。

「さあ、槍《やり》を下に置きなさい」

博士の言葉にゴリニチカは本当にゆかいでたまらないように、笑って返した。

「ああ、こんなばかげたおしゃべりは、もうたくさん。お別れの時間よ、ドレイク博士」

そう言うと槍を体の前でくるくると回し、背後《はいご》の崖《がけ》から飛んだ。目をみはるような見事な背面《はいめん》飛びで、ゴリニチカの姿《すがた》は切り立った崖の端《はし》から消えた。

しばらくの間、みんな足に根が生えてしまったかのように動けなかった。やがて、ドレイク博士がゆっくりと崖に近づくと、下をのぞきこんだ。

「ゴリニチカは見えますか？」と、ベアトリスが叫《さけ》んだ。

「いや、見えないよ」博士は静かに言った。

宏偉寺《ホンウェイじ》の戦いは終わった。寺院は守られたが、失ったものも多かった。負傷者《ふしょうしゃ》が多く、いくつもの命が失われた。まず偉大《いだい》な竜王《りゅうおう》ロン・ウェイと、その仲間が亡《な》くなった。それに二人の僧侶《そうりょ》、ぼくらが連れ出した戦闘用《せんとうよう》ドラゴンが1体、それにパンテオンの仲間のガーゴイルが3体死んだ。

ゴリニチカ側からは15人のモホートを捕虜《ほりょ》にして、16体のツングースドラゴンを自由の身にした。これはある意味、勝利と言ってもいいと思う。

「しかし、ドラゴンと人間の両方に身《み》を捧《ささ》げた彼《かれ》らのことは、だれにも知られることはないだろう」と、ドレイク博士が言った。ぼくらは黙《だま》ってうなずいた。

崖っぷちから消えたゴリニチカの消息はつかめなかった。捜索隊《そうさくたい》が崖の下までおりていって、あるはずの死体を探《さが》したが、何も見つからなかった。

「ゴリニチカは逃《に》げおおせたのだ」と、ドレイク博士は言った。「これで2度目だ。だから、覚えておきなさい。ゴリニチカは必ずもどってくる」

エピローグ ―― 宏偉寺《ホンウェイじ》 ――

宏《ホン》偉《ウェイ》寺《じ》の攻防戦《こうぼうせん》で命を落とした西の山脈の竜王《りゅうおう》ロン・ウェイと、彼《かれ》に連なるもう1体の高貴《こうき》な龍《ロン》、それに宏偉寺の僧侶《そうりょ》二人とガーゴイル3体、ツングースドラゴン1体の葬式《そうしき》は、3日間続いた。国中の龍が宏偉寺に集まり、訪《おとず》れた人々は山肌《やまはだ》に長大な列を作った。パンテオンとその同志は自分たちの葬儀《そうぎ》会場として、湖にあるパビリオンを選んだ。そこに死んだ仲間を運びこんで安置すると、3日間にわたって彫像《ちょうぞう》のように身動き一つせず、仲間の死を悼《いた》んだ。

「人間とドラゴンが住む世界の危機《きき》に命をかけた、勇敢《ゆうかん》な魂《たましい》に天はほほえむ」

龍がロン・ウェイの遺体《いたい》を運び出すとき、宏偉寺の老師はそう言葉を贈《おく》った。死んだ竜王は中国《ちゅうごく》の海上に時々現れる、幻《まぼろし》の浮《う》き島に葬《ほうむ》られるのだそうだ。ドラゴンたちの間から葬送《そうそう》のうなり声があがった。今ではすっかり元気にしゃっくりをするようになったトーチャーですら、神妙《しんみょう》な面持《おもも》ちで長い炎《ほのお》を空に向けて吹《ふ》いた。ウワッサ、イドリギア、パンテオンとファキ・キファ・カフィは3日間の葬式が終わったあと、ただちに帰っていった。

それからの日々を、ぼくらはもっぱら龍の治療《ちりょう》に費やした。僧侶《そうりょ》たちは薬に使う材料を求めて、遠くまで使いに出された。もっと多くの薬を作るために、僧侶たちは地元の金細工職人にも働きかけ、セント・ペトロックの聖杯《せいはい》と同じ効果を持つ杯《さかずき》をいくつも作り出した。おかげで治療《ちりょう》がぐんとはかどるようになった。

とうとう家に帰る日が来た。

でも、ドレイク博士とぼくらは、少し時間をかけて船《ふね》で帰ることにした。まず近くに流れている川を下って海に出たら、そこから帆船《はんせん》に乗りこんで南シナ海へ出る。それからインド洋と大西洋を経て、海路でイギリスへ帰るのだ。

宏偉寺《ホンウェイじ》での最後の夜、ベアトリスとぼくは、お父さんとお母さんと一緒《いっしょ》に霧《きり》のかかる谷間を窓《まど》から眺《なが》めていた。トーチャーはおとなしく、何かの宝石《ほうせき》で遊んでいる。

「うちに帰るのってすてきね。家族で一緒にいられるのもうれしいものね」

ベアトリスが言葉をかみしめながら、言った。

「でも冒険《ぼうけん》のあとじゃ、普通《ふつう》の生活は退屈《たいくつ》かもしれないわよ」と、お母さん。

「トーチャーの世話はぼくらがするんだから、退屈なんかしないよ」

「トーチャーは、いつも何かやってくれるからな」と、お父さんが笑った。

「さて、今回の冒険をなしとげた記念に、特別な贈《おく》り物《もの》がある。ドレイク博士から預かってきたドラゴンの呼《よ》び笛《ぶえ》だ。一人に一つずつだぞ。これは、おまえたちがドラゴン学の中級に進級したという印《しるし》だ。よくがんばったな」

「呼び笛は老師がご用意くださったのよ」と、お母さんが言った。「ヒスイと貴重《きちょう》な金属が使われているの。音によって、呼び出せるドラゴンが違《ちが》うの」

お父さんはズボンのポケットを上から押《お》さえて、顔をしかめた。

「おかしいな、ここにちゃんと入れていたのに」

「ねえ、お父さん」と、ぼくは念のためにきいてみた。

「もしかして呼び笛を、ドラゴンの赤ちゃんになんか見せてないよね？　どういうわけか、トーチャーの姿《すがた》が見えないんだけど……」

〈ドラゴン・エクスプレス　終わり〉

ドラゴン学総覧《そうらん》

ドゥガルド・A・スティール編

ISBN978-4-901088-93-0
27×24×2.7cm
192ページ
定価（本体2,800円+税）

今も生きているドラゴンの特徴《とくちょう》・生息地・習性から、絶滅《ぜつめつ》してしまった種とその絶滅理由、似て非なる生き物の紹介《しょうかい》など、ドレイク博士の記録と知識を総結集させた「ドラゴン学」本の決定版。ドラゴン学者を志す人なら、必ず手元に置いておきたくなる一冊《いっさつ》。

ドラゴン・アイ

著／ドゥガルド・A・スティール
文／赤木かんこ

ISBN978-4-901088-67-1
20.2×13.2×3.4cm
320ページ
定価（本体1,900円+税）

アーネスト・ドレイク博士のもとで夏休みを過ごすことになった、12歳のダニエルと姉のベアトリス。博士の城《しろ》で二人は驚《おどろ》くべき経験をする——。人類とドラゴンの運命を握るドラゴン・アイとは何か？　19世紀末のイギリスを舞台《ぶたい》に、謎《なぞ》に満ちた冒険《ぼうけん》が始まる！

ドラゴン学入門

21課のドラゴン学講義

ドゥガルド・A・スティール編

ISBN978-4-901088-66-4
21.6×18.8×2.2cm
80ページ
定価（本体2,300円+税）

世界中のドラゴンの種類や、自然界でのドラゴンの位置付け、ドラゴン文字やドラゴンが好きななぞなぞ、ドラゴンを縛《しば》る呪文《じゅもん》など、21課のドラゴン学講義を収録した入門書。表紙は、ドラゴンの玉を埋めこんだ重厚な装丁。

翻訳／三枝明子

1965年、大阪府生まれ。学生時代から編集者として活躍。著作権管理事務所にてエージェント業務も経験、海外出版物に関する知識を蓄積。『ドラゴン学総覧』（今人舎）で翻訳者デビュー。

編集／こどもくらぶ

デザイン・DTP／西尾朗子

今人舎ドラゴン学公式サイト　http://dragon.imajinsha.co.jp/

ドラゴン・エクスプレス　THE DRAGON EXPRESS

2011年8月15日　第1刷　発行

著／ドゥガルド・A・スティール
訳／三枝明子

編　集／石原尚子、中嶋舞子
発行者／稲葉茂勝
発行所／株式会社今人舎
〒186-0001　東京都国立市北1-7-23
TEL 042-575-8888　FAX 042-575-8886
ホームページ　http://www.imajinsha.co.jp

NDC933
352ページ　ISBN978-4-901088-99-2